Le baiser d'un époux

PIPPA ROSCOE

Le baiser d'un époux

Traduction française de
FREDERIQUE LALLEMENT

AZUR

HARLEQUIN

Collection : Azur

Titre original :
GREEK'S TEMPORARY « I DO »

HARPERCOLLINS FRANCE
83-85, boulevard Vincent-Auriol, 75646 PARIS CEDEX 13
Service Clients — https://www.harlequin.fr/contenu/contactez-nous
ISBN 978-2-2805-1511-5 — ISSN 0993-4448

Édité par HarperCollins France.
Composition et mise en pages Nord Compo.
Imprimé en avril 2025 par CPI Black Print (Barcelone)
en utilisant 100% d'électricité renouvelable.
Dépôt légal : mai 2025.

FSC www.fsc.org MIXTE Papier issu de sources responsables FSC® C159065

Pour limiter l'empreinte environnementale de ses livres, HarperCollins France s'engage à n'utiliser que du papier fabriqué à partir de bois provenant de forêts gérées durablement et de manière responsable.

Prologue

Onze ans plus tôt...

Helena Hadden essuya ses mains soudain moites sur le tissu soyeux de la robe que sa meilleure amie, Kate, l'avait aidée à choisir. Elle voulait que ce moment soit parfait. Pour cette raison, toutes deux en avaient discuté dans les moindres détails depuis leur retour au pensionnat à la rentrée de septembre.

Passer Noël sur l'île grecque privée des Liassidis était le plus beau cadeau dont elle aurait pu rêver. Cette occasion de revoir Leonidas et Leander entre les vacances d'été durant lesquelles elle y séjournait toujours avec ses parents était inédite. Un véritable miracle de Noël !

Un coup d'œil à son reflet dans le miroir du couloir menant à la chambre de Leo la rassura. Ses cheveux relevés et son léger maquillage lui parurent du plus bel effet. Sa mère n'avait toutefois pas été de cet avis. Son regard critique s'était accompagné d'une remarque cinglante. Son père avait dissipé son accès de peine en lui tapotant l'épaule : « Tu es très belle, ma fille. Tu as l'air d'une adulte. »

C'était exactement ce à quoi Helena désirait ressembler. Une adulte. À quinze ans désormais, elle n'était plus une petite fille et ne voulait plus que Leo et Leander la voient comme telle. Surtout Leo, même en sachant qu'il avait une petite amie et ne s'intéresserait jamais à elle de manière romantique. Mais, peu importait, une lueur d'espoir continuait de briller malgré toutes ses tentatives de se raisonner.

En réflexe, ses doigts serrèrent le petit paquet soigneusement enveloppé qu'elle avait passé des heures à choisir et à personnaliser, si fort qu'ils en froissèrent le papier. À l'idée de l'offrir à Leo, son cœur fit un petit bond.

Helena prit une profonde respiration. Ce faisant, elle vit les guirlandes de verdure qui ornaient le couloir. Les Grecs ne décoraient pas leurs maisons de houx et de gui pendant la période des fêtes. Que Cora Liassidis ait adopté la coutume anglaise exprès pour elle la toucha. Elle adorait venir dans la grande villa avec sa magnifique vue sur la mer Égée et ne s'en lassait jamais.

En fait, le principal attrait de cette maison résidait dans la présence de Leonidas et Leander. Les jumeaux avaient six ans de plus qu'elle, mais lui donnaient l'impression de faire partie de leur famille. Ils étaient comme ses frères. Enfin, surtout Leander, car en ce qui concernait Leo...

Au diable cet espoir insensé ! Il était temps d'arrêter de se faire des illusions.

Malgré ce que venait de lui dire sa mère, Helena n'était pas idiote au point de penser qu'elle épouserait Leo un jour comme son père et oncle Giorgos le répétaient souvent en plaisantant. Giorgos Liassidis était en fait l'associé d'affaires de Michael Hadden, mais un oncle à ses yeux. Elle adorait la tendre complicité qui régnait entre lui et Cora. Leur attitude chaleureuse entre eux et avec elle déteignait sur celle de ses parents en Grèce. Hélas, de retour en Angleterre, elle ne les voyait pratiquement pas.

Helena s'arrêta devant la chambre de Leo et regarda le paquet qui lui était destiné. Un cadeau très différent de celui choisi pour Leander, car il avait un sens particulier. Leo avait beaucoup changé depuis sa dispute avec son jumeau trois ans auparavant, lorsqu'il avait commencé à travailler chez Liassidis Shipping. Pour cela, elle pensait que son présent pourrait lui ramener le sourire.

Mais cela ne l'empêchait pas de se sentir nerveuse. Elle s'apprêtait à frapper à la porte lorsque la voix de Leo lui parvint :

— Tout va bien se passer, je ne vois pas pourquoi tu t'inquiètes.

— Je veux simplement faire bonne impression.

Il discutait donc avec sa petite amie...

— Tu les as déjà rencontrés de nombreuses fois, Mina.

— C'est différent aujourd'hui. C'est Noël.

Helena se pencha vers la porte, s'apercevant qu'elle était très légèrement entrouverte. Son cœur se serra en voyant Leo attirer sa petite amie dans ses bras.

— Helena sera présente, j'imagine, reprit Mina.

Pour la première fois, elle regretta presque d'avoir appris le grec en comprenant au ton amer de la jeune femme son animosité à son égard. Elle en fut blessée. Mais le fut plus encore de constater que Leo ne prenait pas sa défense.

— Bien sûr, mes parents ont invité les siens.

— C'est une véritable enfant gâtée, une petite pimbêche.

— Voyons, Mina, elle est inoffensive.

La gorge d'Helena se serra.

Inoffensive...

— Tu parles, j'ai bien vu sa manière de te regarder. Elle n'a vraiment rien d'inoffensif. Je le sais, car j'ai eu son âge, figure-toi.

— Pas du tout. Elle nous suit, Leander et moi, comme un chiot.

— Eh bien, tu n'as qu'à l'éduquer mieux que ça ! s'exclama sa copine d'un ton sec.

— Enfin, Mina, elle n'est qu'une enfant.

— Crois-le si ça te chante, mais c'est faux. Elle doit arrêter de nourrir des illusions. Aussi tu ferais mieux de cesser de l'encourager.

— Moi, je l'encourage ? demanda Leo, visiblement stupéfait. Je pense que tu as mal compris. Elle n'est rien pour moi, que la fille de l'associé d'affaires de mon père. Rien d'autre.

Des larmes plein les yeux, Helena s'empressa de filer. Les mots de Leo hurlaient dans sa tête : « Elle n'est qu'une enfant... rien pour moi. » S'arrêtant alors au bout du couloir, elle essaya de respirer plus calmement, mais son cœur était affreusement serré. Elle se sentait soudain privée de toute attache, tel un bateau dérivant dans une tempête. L'humiliation la submergea. Son estomac se contracta. Au bord de la nausée, elle regarda le cadeau entre ses mains avec son papier froissé et sut ne plus pouvoir le lui donner à présent.

Helena se souvint alors de la cachette où Leander, Leo et elle se laissaient parfois des petits mots stupides ou des gâteries du temps où ils étaient plus jeunes. Un renfoncement dissimulé derrière un tableau sur le palier. Comme anesthésiée, elle y déposa le paquet, espérant que personne ne le trouverait avant très longtemps.

Ceci fait, elle prit une résolution. Jamais plus elle ne regarderait Leonidas Liassidis ni ne penserait à lui. Mina n'avait aucun souci à se faire.

Comme Helena descendait les escaliers, inconsciente de sa présence, Leander sortit en silence de l'ombre, regardant tour à tour sa silhouette qui s'éloignait et la chambre de son frère, troublé et triste. Il soupira, puis attendit deux minutes avant de rejoindre à son tour le grand salon, où leurs deux familles étaient réunies.

1

Helena jeta un coup d'œil à son reflet dans le miroir, l'air pensif.

— S'il te plaît, Kate, dis-moi que je ne fais pas une bêtise.

— Tu fais exactement ce que tu as *besoin* de faire.

— Je n'en suis plus si sûre…

— Si tu veux que je te dise de renoncer, je peux. Mais imagine un peu la déception des invités et de la presse si le mariage était annulé en dernière minute. Tout ce tralala pour rien.

— Tu as raison. L'attention générale est fixée sur nous. Je n'ose même pas imaginer ce qui arriverait si tous apprenaient la vérité…

Un accès de culpabilité fondit sur Helena à cette pensée. Ce mariage était une totale comédie arrangée dans le seul but de la tirer de sa dramatique situation. L'unique moyen de sauver l'organisation caritative dans laquelle elle travaillait, Incendia.

— Si seulement le nom de Leander le Séducteur n'avait pas engendré cette frénésie collective, plaisanta Kate.

Helena sourit. Leander Liassidis avait beau être un éternel play-boy traversant la vie avec insouciance, sans faire cas de quiconque, il avait répondu présent lorsque, désespérée, elle avait eu besoin de lui. Il l'avait sauvée. Elle l'aimait comme un frère et espérait qu'un jour il rencontrerait une femme pour laquelle il aurait de réels sentiments. Réflexion un tantinet ironique dans la mesure où, d'ici moins de vingt minutes, elle traverserait l'église pour se tenir face à lui devant une foule d'invités, et que le prêtre les déclarerait mari et femme.

— Si seulement mon héritage n'était pas lié à une clause ridicule...

— Je me demande vraiment à quoi pensait ton père en la faisant rédiger, rétorqua Kate. Que l'accès à ton héritage dépende d'un homme est excessif.

Le cœur d'Helena se serra comme chaque fois qu'elle songeait à son père, décédé peu après son seizième anniversaire. Pas un jour ne passait sans qu'elle pense à lui, qu'il lui manque.

— Si j'avais pu attendre encore deux ans, j'aurais eu vingt-huit ans, et ce mariage n'aurait pas été nécessaire.

— Bien sûr, répliqua Kate avant d'ajouter, sarcastique : Une femme atteint sa maturité seulement avec l'aide d'un homme ou alors à l'approche de la trentaine, c'est on ne peut plus évident !

Helena ne put s'empêcher de sourire. Leur indéfectible soutien mutuel les rendait fortes, et le lien qui les unissait était plus étroit que celui existant avec leurs familles parce qu'elles l'avaient choisi. Helena aurait, pour sa part, échangé Kate contre sa mère sans hésiter.

— Si nous avions disposé d'assez de temps, maman m'aurait aidée à contester cette clause, répondit-elle néanmoins sans remarquer l'expression sceptique qui passa sur le visage de son amie. Hélas, une action en justice n'aboutirait pas avant des mois. Le bilan financier d'Incendia est pour décembre. La police doute de parvenir à arrêter Gregory d'ici là et, même si elle y arrivait, l'argent ne pourrait être rendu qu'après une longue enquête et un procès tout aussi long.

Helena n'aurait jamais cru travailler un jour pour l'organisation caritative qui lui avait sauvé la vie. Après le décès soudain de son père pendant son sommeil, une horrible nuit de juin, sa peur de s'endormir et de ne jamais se réveiller, comme lui, s'était faite telle qu'elle était devenue insomniaque. Sa tutrice au pensionnat lui avait alors parlé d'Incendia. Un conseiller l'y avait aidée à surmonter son deuil et l'avait soutenue le temps qu'elle passe un examen afin de savoir si, comme son père, elle était atteinte du syndrome de Brugada, une maladie génétique héréditaire.

Par chance, le résultat s'était avéré négatif. L'action efficace et le soutien d'Incendia l'avaient tellement inspirée qu'elle avait immédiatement changé son plan d'études, passé un diplôme de commerce à Cambridge puis un master en direction et gestion d'organisations à but non lucratif.

Sa mère avait trouvé stupide de délaisser la sécurité financière par altruisme mal placé – selon elle –, mais Helena avait découvert là une passion, et une voie dans laquelle elle excellait.

Ses débuts au sein d'une petite organisation lui avaient permis de faire ses preuves. Elle avait gagné la réputation d'être douée pour les affaires et d'avoir le don de trouver des partenaires sincères dans leur désir d'aider les jeunes générations plutôt qu'à la recherche d'une publicité facile. Son dur labeur l'avait rendue inégalable.

Ensuite, six mois auparavant, Incendia l'avait contactée pour lui proposer le poste de P-DG. Cette journée avait été la plus extraordinaire de sa vie. Elle avait fêté l'événement avec Kate. Quelques jours plus tard, Leander s'était déplacé à Londres pour l'inviter à dîner puis l'avait raccompagnée chez elle avant de poursuivre la soirée avec sa conquête du moment dans son appartement londonien.

Un mois après son entrée en fonction toutefois, le directeur financier avait démissionné et disparu avec cent millions de fonds d'investissement. Choquée et horrifiée, Helena avait averti la police ainsi que le conseil d'administration de l'organisation. Pour comble de malchance, le P-DG précédent n'avait pas renouvelé l'assurance d'entreprise, ce qui rendait leur situation désastreuse.

Faute de pouvoir rentrer en possession de l'argent avant le bilan financier de fin d'année, Incendia serait déclarée en faillite. Le financement de la recherche médicale sur une maladie qui affectait des millions de personnes dans le monde serait abandonné, un nombre incalculable de familles perdraient le soutien de l'organisation et se retrouveraient sans rien.

Helena, qui avait bénéficié de ce soutien alors qu'aucune autre aide n'était disponible, ne pouvait laisser pareille catastrophe arriver. C'est alors qu'elle avait pensé aux actions de Liassidis Shipping que son père lui avait léguées.

Des actions dont elle n'avait jamais eu l'intention de se séparer car elles étaient son seul lien restant avec lui et l'entreprise qu'il avait fondée avec Giorgos Liassidis, désormais dirigée par Leonidas. Savoir que cet héritage de son père survivait, que cette partie de lui lui appartenait toujours, le lui rendait encore proche. Mais à présent, elle allait devoir laisser partir les actions. *Le* laisser partir définitivement.

À cette pensée, Helena étouffa un sanglot. Aussitôt, deux bras minces se resserrèrent autour d'elle et son regard croisa celui de Kate dans le miroir.

— Je fais exactement ce que je dois faire, dit Helena sans savoir si c'était pour se convaincre ou convaincre son amie, mais certaine que, dans sa situation, son père aurait agi de même. Je pourrai vendre mes actions dès que le mariage sera enregistré au Royaume-Uni, et cela suffira à combler le déficit d'Incendia.

— Tu crois que tu arriveras à les racheter un jour ?

Helena se mordit la lèvre et baissa les yeux vers ses pieds.

— Je ne pense pas. En fait, il faudrait que l'acheteur soit stupide pour me les revendre. Ou qu'il manque désespérément d'argent.

Comme elle.

Helena sourit alors à Kate.

— Cette couleur te va à la perfection, dit-elle, heureuse d'avoir choisi un fourreau doré pour son unique demoiselle d'honneur.

Son amie lui rendit son sourire et, haussant ses délicates épaules, répondit :

— Merci.

À cet instant, on frappa à la porte. Helena se tourna, espérant que ce soit sa mère, mais c'était seulement un envoyé du prêtre venu les avertir qu'on n'attendait plus qu'elles.

Elle s'empressa de dissimuler sa déception avant que Kate ne la remarque. C'était stupide, mais elle se sentait terriblement seule sans aucun de ses parents à ses côtés le jour de son mariage.

Un coup d'œil au miroir la rassura quelque peu. Sa robe à la coupe très simple mettait en valeur son corps mince. Son manque de courbes féminines l'avait désespérée à l'adolescence, surtout quand ses copines de pensionnat se moquaient de son aspect « planche à pain ». La jeune designer espagnole Gabriella Casas, qui lui avait confectionné ce modèle, avait réussi le tour de force de la rendre séduisante et de la faire se sentir belle.

Comme Kate informait l'homme qu'elles arrivaient, Helena fit tourner son bracelet en argent autour de son poignet. C'était le dernier cadeau de son père pour son seizième anniversaire, quelques semaines seulement avant son décès. Elle était tout à la fois triste et soulagée qu'il ne soit pas là. Triste parce que, même si ce n'était pas une réelle union, la petite fille en elle aurait souhaité avoir son père près d'elle le jour de son mariage. Mais soulagée qu'il ne soit pas témoin de ce qu'elle allait faire.

Un accès de honte la fit frissonner. Helena redressa le

menton. Elle avait voulu agir comme la femme d'affaires dont il aurait pu être fier, et y arriverait.

À condition que cela permette à Incendia de survivre...

— Tu es prête ? demanda Kate.

Helena acquiesça de la tête.

La distance était courte entre la bibliothèque du presbytère, que le prêtre avait mise à sa disposition pour se préparer, et cette église catholique d'Athènes. Helena avait souhaité une cérémonie discrète, mais Leander n'avait rien voulu entendre.

« Cela va être mon unique mariage, alors autant en faire une grande fête ! » s'était-il exclamé.

Elle n'avait pas anticipé sur le moment qu'une « fête » de Leander attirerait autant d'attention et s'accompagnerait de tout le « tralala » dont avait parlé Kate.

À vrai dire, l'intérêt de la presse pour leur couple l'avait sidérée. Le nom des Hadden avait une certaine notoriété au Royaume-Uni, mais celui des Liassidis en Grèce était quasiment équivalent à un patronyme royal. Dès l'instant où leur mariage avait été annoncé, les journalistes les avaient harcelés, écrivant une multitude d'articles ainsi que des unes toutes plus grandioses les unes que les autres. La Grèce entière, pour ne pas dire toute l'Europe, se passionnait pour les amoureux de ce conte de fées.

De toutes les personnes – pourtant importantes – qui seraient présentes, seule une poignée comptaient aux yeux d'Helena. Kate, Leander – bien sûr – et ses parents, Giorgos et Cora. Elle n'était pas naïve au point de croire que son frère viendrait. Les jumeaux ne s'étaient pas adressé la parole depuis cinq ans. Elle-même n'avait pas parlé à Leo depuis la confrontation amère qu'il avait eue avec sa mère près de dix ans auparavant lorsque

Gwen avait eu la crédulité de se croire capable de poursuivre le travail de son époux chez Liassidis Shipping.

Elle devait être à l'intérieur de l'église, avec son second mari, John, qui avait accepté à contrecœur d'interrompre ses vacances dédiées au golf. Mais ils étaient venus, c'était déjà bien...

Arrivées devant les grandes portes ouvrant sur la nef, Helena et Kate s'arrêtèrent, et écoutèrent quelques instants le murmure assourdi des conversations et la musique du quatuor à cordes engagé pour l'occasion. Helena, qui n'était pourtant pas croyante, ne put s'empêcher de se demander si se marier en ce lieu pour des raisons financières et non d'amour n'était pas sacrilège.

— On peut prendre la fuite, si tu veux, murmura Kate comme si elle avait senti son hésitation. J'ai laissé les clés de la voiture sous le siège.

Helena répondit au sourire de son amie, appréciant son soutien indéfectible.

— Non, c'est bon. Mais merci d'avoir pensé à une solution de secours.

— Je t'adore, tu sais, dit Kate.

— Oui, et je t'adore aussi. Bon, entrons à présent.

Comme les premières notes de la marche nuptiale retentissaient, des mains invisibles à l'intérieur de l'église ouvrirent en grand les battants de la porte. Tandis que Kate la précédait dans l'allée centrale, le cœur d'Helena se mit à battre la chamade. Même si ce mariage n'en était pas un véritable, la nervosité la gagna. Baissant alors les yeux sur le bouquet entre ses mains, elle ne vit pas son amie se raidir soudain et marquer une infime pause.

En fait, elle ne vit rien avant le moment où Kate s'écarta en arrivant devant l'autel, jeta un coup d'œil affolé vers elle puis vers l'homme qui l'attendait à côté du prêtre.

Helena prit alors conscience du problème.

L'homme était celui qu'elle ne s'était jamais attendue à voir en cet endroit.

C'était Leonidas Liassidis.

Leo regarda les portes fermées de l'église, maudissant l'arrogance et l'irresponsabilité de son frère, sans se soucier du côté peu respectable en un tel lieu des termes qui lui traversaient l'esprit.

Une intense colère bouillonnait en lui. Que Leander ait osé lui faire un coup pareil le mettait hors de lui.

Dire que, s'il n'avait pas écouté le message que ce dernier lui avait laissé presque trois heures auparavant, il n'aurait même pas été dans l'église en cet instant ! En fait, il avait dû se dépêcher pour arriver à temps.

Leo jura de nouveau en son for intérieur.

Il n'avait pas parlé à Leander depuis cinq ans, et voilà que celui-ci lui demandait de prendre sa place ! Il y avait plus dans le message, mais ces paroles résonnaient en boucle dans ses oreilles : « Fais-toi passer pour moi. »

Ils ne s'étaient plus amusés à ce genre de jeu depuis leur jeunesse, l'époque où il considérait encore Leander comme son frère, avant que celui-ci le trahisse en renonçant en dernière minute à l'avenir commun dont lui, Leo, rêvait depuis toujours.

Le souvenir de ce jour fatidique était toujours aussi vivace dans sa mémoire. Lorsqu'ils avaient atteint leurs dix-huit ans, leur père leur avait offert un choix. Soit entrer chez Liassidis Shipping et s'y former trois ans à ses côtés avant de lui succéder à la direction. Soit recevoir de sa part une somme d'argent conséquente et suivre leur propre voie.

Pendant toute leur adolescence, Leo et son frère avaient discuté de leurs projets pour l'entreprise familiale. Le but était de la placer en tête de ses concurrentes dans l'industrie du commerce maritime et de prendre toutes les décisions ensemble.

Jusqu'à ce jour-là, il aurait juré connaître son jumeau aussi bien qu'il se connaissait lui-même. Mais au moment du choix, il avait découvert un inconnu.

À ce souvenir, une brusque tension lui fondit dessus, il serra les dents de rage, conscient cependant des regards fixés sur lui, dont ceux horrifiés de ses parents.

En effet, même si Leander et lui se ressemblaient comme deux gouttes d'eau, au point que seule une poignée de gens les différenciaient au premier coup d'œil, ses parents l'avaient reconnu dès l'instant où il était entré dans l'église.

Le prêtre l'ayant immédiatement emmené devant l'autel, il n'avait pas eu l'occasion de leur expliquer la situation. De toute manière, qu'aurait-il dit ? Que son frère avait « besoin de temps » ?

De temps pour quoi ? Il ne s'était pas soucié de le préciser, disant seulement qu'il serait de retour à la fin de la lune de miel – ce en quoi Leo ne l'avait pas cru – et le suppliant de le remplacer quelque temps. « Helena en a besoin. Un besoin impérieux. Ne la laisse pas seule le jour du mariage », lui avait-il déclaré.

Pourquoi diable son frère avait-il choisi d'épouser Helena ? Leo aurait volontiers passé le reste de sa vie sans plus jamais voir ou entendre parler d'une des femmes Hadden.

À une époque, il appréciait la compagnie d'Helena, les croyait même amis. Puis, elle avait soutenu Leander au moment de sa trahison, et leur relation s'était encore dégradée lorsque, à la suite du décès de son mari, Gwen avait porté atteinte à Liassidis Shipping en engageant le concurrent d'un de leurs clients à un tarif sacrifié. Leo avait dû se battre afin de réparer le dommage causé et sauver l'entreprise du déshonneur.

Comme les minutes s'écoulaient, il riva les yeux sur les

grandes portes de l'entrée, se demandant une fois de plus ce qu'il faisait là.

À vrai dire, malgré son ressentiment envers les Hadden et sa haine envers son frère, il n'aurait jamais laissé Helena affronter seule la foule des invités et la presse massée à l'extérieur. Seul Leander en était capable et lui, Leo, ne lui ressemblait en rien.

Au moment où les lourdes portes s'ouvrirent, il la vit s'encadrer entre elles et sourire à sa demoiselle d'honneur. Son visage souriant lui fit oublier sa colère.

Dans son fourreau crème, Helena lui parut très grande et extrêmement féminine. Elle était très différente de l'adolescente maigrichonne qu'elle avait été dix ans auparavant et dont il avait gardé le souvenir, celle-là même qu'il s'attendait à voir entrer.

Son intense beauté eut un effet immédiat sur son corps. Aussi, Leo fut soulagé que la demoiselle d'honneur se mette alors à remonter l'allée centrale, lui bloquant la vue sur la future mariée.

Il devait se ressaisir, et vite.

Se remémorer qui elle était, ce que sa mère avait fait et la situation dans laquelle son frère l'avait mis l'aida à surmonter son trouble, jusqu'au moment où la demoiselle d'honneur s'écarta, libérant le champ de vision d'Helena.

Leo vit alors une expression sidérée apparaître sur son visage à la seconde où elle réalisa qu'il s'agissait de lui et non de son frère. Puis ses yeux rivés sur lui se mirent à briller de colère contenue, le transperçant, le brûlant autant que l'avait fait sa première apparition quelques minutes auparavant.

Or, il ne pouvait rien faire, rien dire, ni même lorsqu'elle arriva devant l'autel et se plaça face à lui, car l'assistance entière et le prêtre les regardaient.

Il maudit une fois de plus son égoïste de frère qui l'avait mis dans cette situation.

« Helena en a besoin. Un besoin impérieux. »

Leo retint un rire méprisant. La panique dans les yeux d'Helena suffit à lui dire ce qu'il avait besoin de savoir.

Il ne s'agissait pas d'un mariage d'amour. Cela ne le surprit pas. Il n'y avait jamais eu la moindre trace de ce sentiment entre elle et Leander pendant les nombreuses années où les Hadden avaient passé les vacances avec leur famille. Leo avait donc cru à une plaisanterie en recevant l'invitation au mariage et avait laissé le bristol crème gravé sur un coin de son bureau comme pour se persuader de sa réalité.

Et ce jusqu'à ce que la presse commence à répandre la rumeur que Leander le Séducteur se rangeait enfin. À la suite de cela, les tabloïdes du monde entier avaient lancé une série d'articles sur la famille Liassidis et surtout sur la réussite fulgurante de Leander. Aussi n'aurait-il pas dû être étonné que cette parodie d'histoire d'amour fascine les foules.

Puis Leo avait vu des journalistes venus de tous pays massés derrière un cordon de sécurité devant l'église. Était-ce leur intérêt qui avait fait fuir son frère ? Mais il y avait peut-être une autre raison qu'il ignorait. Dans le fond, pourquoi s'en soucier ? Leander lui avait prouvé à plusieurs reprises que seuls ses propres désirs comptaient et que peu lui importait de blesser les gens au passage pour atteindre ses objectifs.

Il ramena son attention sur Helena qui à quelques pas de lui continuait de fixer sur lui un regard prometteur d'enfer à suivre, comme s'il était responsable de ce changement de situation. S'imaginait-elle qu'il n'avait rien d'autre à faire que de jouer les mariés à cause de la dérobade de son frère ? À moins qu'ils aient monté ce coup ensemble, mais Leo ne pouvait croire cela.

Elle se pencha alors vers lui, un sourire plaqué sur ses traits exquis, pour murmurer :

— Que fais-tu là ?

— Ton fiancé bien-aimé a pris la fuite, répondit-il avec un sourire aussi faux et les dents serrées, conscient des regards braqués sur eux.

Il vit alors le sang se retirer du ravissant visage d'Helena, et ne sut si cette fois c'était son frère qu'il maudissait ou lui-même.

— Mais il reviendra avant la fin de la lune de miel, ajouta-t-il alors dans un accès de conscience.

Et comme ses yeux s'écarquillaient dangereusement, il se hâta de lui intimer, toujours à voix basse :

— Souris.

Pour toute réponse, elle le fusilla du regard, semblant lui dire : « Ne t'avise pas de me donner des ordres ! », avant d'obtempérer.

Elle se tourna vers le prêtre puis vers les invités, un sourire étirant les coins de sa bouche en forme de cœur.

Leo aurait pu jurer avoir entendu un murmure de soulagement collectif.

Tandis que le prêtre remerciait les invités de leur présence et commençait la cérémonie, la panique quasi palpable d'Helena rendit Leo anxieux, amplifiant sa colère de s'être trouvé contraint de participer au subterfuge de son frère.

Comme le chœur entamait le premier des hymnes choisis, une seule pensée lui occupait l'esprit : se sortir au plus vite de cette situation ridicule. Peu importait la lune de miel. Dès la cérémonie terminée, il regagnerait son appartement à Athènes et son bureau où plusieurs réunions importantes l'attendaient. Là, au moins, concentré sur son travail, il oublierait Leander, Helena et le chaos dans lequel il avait été entraîné.

Les vœux prononcés, le prêtre leur fit signe de le suivre dans la sacristie pour la signature du registre.

Si les gens trouvaient étrange que Leander Liassidis pousse pratiquement son épouse hors de la nef, ils mettraient sa hâte sur le compte de sa passion pour la belle Helena Hadden.

2

Au moment où ils emboîtaient le pas au prêtre, suivis par Giorgos et Cora Liassidis, sentant la chaleur de la main de Leo planer à quelques centimètres de ses reins, Helena lui intima d'une voix basse très sèche :

— Ne me touche pas !

— Je ne te touche pas, murmura-t-il avant d'ajouter à l'intention des autres : Mon père, papa et maman, pourriez-vous nous accorder une minute ? Nous souhaitons savourer ce si beau moment.

Ce si beau moment ?

Helena se figea à ces mots dont elle se demanda si personne ne percevait leur manque de sincérité.

Mais déjà Cora acquiesçait de la tête. Elle en fut touchée car leurs rapports s'étaient distendus depuis l'intervention aussi stupide que dangereuse de sa mère dans Liassidis Shipping. Ce moment de solitude avec Leo lui permettrait peut-être de comprendre ce qui se passait et de trouver un moyen de sauver la situation.

Dès que le prêtre eut refermé la porte de la sacristie sur eux, elle fit un pas en arrière pour échapper à l'impact de la présence trop proche de Leo.

Sur une table recouverte d'une nappe à la blancheur immaculée se trouvait le grand registre, ouvert à une page déjà remplie d'une belle écriture. Les deux espaces vides attendant leurs signatures lui semblèrent la narguer.

Non, pas les leurs, la sienne et celle de Leander.

Sans cette dernière, accéder à ses actions et sauver Incendia lui serait impossible.

Une vague de panique lui fondit dessus. Elle se planta à quelques centimètres de Leo, puis releva le menton pour demander :

— Où est-il ?

Il haussa les sourcils, l'air offusqué par sa question :

— Comment le saurais-je ?

De toute évidence, leur soudaine proximité ne le troublait pas. Helena aurait aimé qu'il en soit de même pour elle, mais une douce onde déferla dans ses veines, comme s'il était l'homme de ses rêves au lieu d'être celui de ses cauchemars. De si près, sentant la chaleur émanant de son corps accompagnée de la légère odeur de bois de santal de son eau de toilette, elle se retint d'inspirer profondément afin d'en imprégner ses poumons. Ce mouvement aurait rapproché sa poitrine de son torse, ce qui n'aurait pas été judicieux.

Leo recula, si brusquement qu'elle faillit tomber en avant. Humiliée, Helena redressa les épaules et lui tourna le dos pour prendre une bouffée d'air avant d'étouffer.

— Il doit y avoir une erreur.

— La seule erreur que tu aies faite, *agapi mou*, est d'avoir fait confiance à Leander.

— Ne m'appelle pas comme ça, rétorqua-t-elle vivement, lui en voulant d'utiliser ce terme affectueux qui n'avait aucune raison d'être entre eux.

S'appuyant contre la table, elle lui décocha un regard noir.

Bien que les caractéristiques physiques des jumeaux soient identiques – cheveux épais au noir de jais, nez patricien, pommettes hautes, barbe taillée de près séduisante à l'extrême et mâchoire déterminée – elle les avait toujours différenciés.

Leander était sociable, espiègle et d'une bonne humeur communicative. La semaine précédant le mariage, qu'ils avaient passée en compagnie de Kate dans l'île privée de la famille Liassidis en l'absence de ses parents, avait été une succession de délicieux moments et de sorties. Elle n'avait rien senti d'inhabituel dans le comportement de son ami d'enfance.

Mais si Leander représentait l'image du roi des fêtes, Leo incarnait plutôt celle des lendemains douloureux, des responsabilités et des reproches – toute faute devait être expiée. Il était d'un naturel retenu, maintenant une distance avec tous, ne laissant rien paraître des émotions qui l'animaient.

Leander toutefois ne l'avait jamais touchée comme Leo le faisait. Il ne lui avait jamais coupé le souffle, ni emballé le pouls au point de lui donner envie d'accéder à ses moindres désirs, encore moins enflammé le corps comme son frère chaque fois qu'elle se trouvait proche de lui comme en cet instant.

Soudain consciente du regard de Leo rivé sur elle, Helena se racla la gorge.

— Que t'a dit exactement Leander ?

— Je vais te faire écouter son message.

Leo sortit son téléphone de sa poche, alluma l'écran puis se rendit sur sa messagerie. Quelques secondes plus tard, la voix de son frère s'élevait dans la sacristie.

« Salut, c'est moi. J'imagine ta surprise après tant d'années de silence, mais ton aide m'est indispensable. Je dois m'absenter. Un truc imprévu. Bref, j'ai besoin d'un peu de temps. Je reviendrai avant la fin de la lune de miel. Jusque-là, il faut que tu me rendes un service. Fais-toi passer pour moi. Tu n'en as pas envie, je m'en doute, mais Helena en a besoin... »

— C'est tout ce qu'il dit ? demanda Helena comme Leo arrêtait le message.

— Oui. Enfin, tout ce qui concerne la situation présente.

Tout en rangeant son téléphone, il justifia en son for intérieur son interruption brutale de la communication à cet endroit précis. Elle n'aurait probablement pas aimé entendre Leander le supplier de ne pas la laisser seule le jour du mariage. Savoir qu'il avait eu la délicatesse de se soucier d'elle l'aurait peut-être rassurée, mais elle n'aurait pas apprécié que lui, Leo, l'ait entendu.

— Il doit avoir une raison impérieuse, dit-elle d'un ton pensif. Il ne me ferait pas un coup pareil autrement. Il sait…

— Il sait quoi, Helena ? Que ce mariage est une mascarade ?

Leo la regarda, refusant de dissimuler le mépris qu'elle et son frère lui inspiraient en ce moment précis. Il détestait les mensonges, détestait la malhonnêteté, et épouser un homme sans l'aimer en était une de taille.

Comme elle restait figée devant lui, à bout de patience, il insista :

— Pourquoi te marier aussi subitement ? Que peux-tu bien en tirer ?

Il la vit se mordre la lèvre tandis qu'un voile brillant recouvrait ses yeux au bleu azur.

— Ça ne te regarde pas.

Son insolence piqua Leo.

— Très bien. De toute manière, cela n'a pas d'importance. Dès que le prêtre reviendra, je lui dirai que je ne signe pas et ce sera terminé. Fini, ce mariage !

Il accompagna ses derniers mots d'un mouvement de main définitif dont l'effet sur Helena fut immédiat. Elle pâlit, serrant les poings comme pour se retenir de l'agripper par les revers de sa veste de costume.

— Je t'en prie, Leonidas. Ne fais pas ça. J'ai… J'ai besoin de toi.

Cet aveu sembla les surprendre tous deux.

— Alors, explique-moi à quoi tout cela rime, déclara Leo.

Comme elle lui tournait le dos et faisait quelques pas dans la sacristie, il se sentit étrangement mal à l'aise.

— Parle-moi, Helena.

— Tu permets, je réfléchis ! J'essaie de trouver par où commencer.

Elle fit soudain volte-face :

— Tu te souviens des actions que mon père m'a léguées ?

Évidemment, comment aurait-il pu les oublier. Leur sort le tourmentait à chaque réunion du conseil d'administration. Depuis qu'il avait succédé à son père à la direction de Liassidis Shipping et constitué une base de clients à l'échelle mondiale, savoir que n'importe qui, ou pire une Hadden, hériterait un jour de trente pour cent des actions le torturait littéralement. Qu'Helena, à l'instar de sa mère, puisse un jour influencer le processus décisionnaire le rendait malade. Il haïssait le fait de ne pas avoir le contrôle total sur une entreprise qui devrait être entièrement sienne.

— Bien sûr que je m'en souviens, répliqua-t-il d'un ton coupant.

Elle se mordit la lèvre.

— Selon le testament de mon père, je dois hériter de ces actions...

— Quand tu auras vingt-huit ans, l'interrompit-il sèchement. Donc dans deux ans.

Une date imprimée dans son cerveau depuis qu'il en avait eu connaissance. Elle lui donnait l'impression d'être une bombe à retardement qui, le jour où elle exploserait, lui ôterait l'entière maîtrise de Liassidis Shipping.

— Il y avait une clause supplémentaire. Tu t'en souviens ?

Un frisson glacé parcourut le dos de Leo.

— Non. Laquelle ?

— Je peux hériter de ces actions avant mon anniversaire si je me marie.

Leo eut l'impression d'avoir reçu une gifle. Le froid se propagea dans tout son corps. Il réalisa soudain que sa vie était sur le point de changer irrévocablement.

— Pourquoi as-tu besoin de ces actions ? Que comptes-tu en faire ?

Helena redressa le menton et le regarda droit dans les yeux.

— Je vais les vendre, déclara-t-elle.

Helena connaissait l'expression « un regard meurtrier » sans toutefois en avoir reçu un jusque-là.

— Tu vas vendre tes parts ? demanda Leo, visiblement pour s'assurer d'avoir bien entendu. As-tu la moindre idée des conséquences que cela pourrait avoir pour Liassidis Shipping ?

— Parle plus bas.

Il prit une profonde inspiration, puis lui tourna le dos. Helena l'avait cependant vu serrer les poings comme pour se retenir de l'étrangler, avant d'enfouir ses mains dans ses poches. Elle observa le mouvement de ses épaules tandis qu'il inclinait la tête d'un côté puis de l'autre et faisait craquer son cou.

Sans même se retourner pour la regarder, il demanda :

— À qui vas-tu les vendre ?

Helena se mordit la lèvre. À vrai dire, elle n'avait pas réfléchi à ce point, mais savait que les gens se précipiteraient pour devenir actionnaires de Liassidis Shipping.

Se séparer de ce souvenir de son père lui était terriblement douloureux. C'était le dernier qu'il lui restait de lui depuis que sa mère avait vendu leur maison et son contenu pendant sa dernière année de pensionnat. « Cela m'est nécessaire pour pouvoir prendre un nouveau départ », lui avait-elle expliqué au téléphone, ne se souciant apparemment pas de se séparer du seul foyer qu'Helena ait jamais connu.

La voix de Leo la tira de ses réflexions.

— Tu n'en sais encore rien, à ce que je vois.

Il fit alors volte-face, braquant sur elle son regard brillant de colère, et poursuivit après quelques secondes de silence :

— Eh bien, vends-les-moi.

— Non.

Un rire cruel secoua les épaules de Leo.

— Tu n'es pas en position de me le refuser, déclara-t-il en lui indiquant de la main le registre ouvert sur la table.

— Pourquoi ? Parce que tu comptes m'épouser ? Ce n'est pas ton nom qui est inscrit là-dessus, je te signale. C'est celui de ton frère.

— Les seules personnes à part toi et moi qui savent que je ne suis pas Leander sont mes parents. Et aucun de nous n'a intérêt à révéler la fraude que nous nous apprêtons à commettre.

— Tu as complètement perdu la raison pour envisager de prendre un risque pareil. Si nous étions démasqués, Liassidis Shipping serait dans une situation très dangereuse.

— L'enjeu en vaut la peine.

Il était donc prêt à tout pour l'écarter de son entreprise. Même s'il ne l'avait pas précisé, Helena savait qu'il s'agissait de cela. Son cœur se serra sous l'effet de ce nouveau rejet.

— Visiblement, tu es aux abois, reprit-il. J'ignore pourquoi tu as besoin de cet argent, si c'est parce que tu t'es ruinée en vêtements et colifichets ou parce que ta mère a encore fait des siennes, mais peu importe. Tout ce qui compte, c'est que tu as un besoin urgent de vendre tes parts, or je suis en mesure de te les racheter avant d'autres. Alors, donne-moi ton prix.

En cet instant, elle éprouva de la haine pour Leo. De tout ce qu'il avait pu dire d'elle jusque-là, de tout ce qu'il avait pu faire après la stupidité de sa mère, c'était pour l'avoir fait se sentir vulnérable qu'elle lui en voudrait à jamais.

— J'ai oublié de te préciser un point, tu ne dois pas seulement jouer le rôle de ton frère à ce mariage. Ensuite, il te faudra incarner un Leander crédible pendant les événements qu'il nous a organisés pour la semaine qui vientavant de... partir.

— Tu veux dire, pendant la lune de miel ?

— Oui. Nous sommes censés nous montrer dans un vernissage et en d'autres endroits afin de prouver que notre union est bien réelle. C'est le seul moyen pour entrer en possession de mon héritage sans rencontrer de problème une fois le mariage enregistré au Royaume-Uni.

— Donc je dois prétendre être mon frère pendant tout ce temps ?

— Oui, j'en ai besoin. J'ai besoin que tu joues le rôle du charmant mari que Leander aurait tenu.

— Ça va, c'est dans mes cordes.

— Tu plaisantes ? Tu as autant de charme qu'un serpent venimeux !

Malgré sa repartie acerbe, imaginer Leonidas Liassidis dans ce rôle troubla Helena.

— Combien me proposes-tu ? demanda-t-elle, remarquant aussitôt l'éclair fugace de surprise qui traversa les yeux de Leo.

— Cinquante millions. Pour l'ensemble de tes actions, bien entendu.

Helena, qui espérait en toucher plus du double, faillit s'étrangler. Ce n'était pas assez. Cela ne couvrait même pas la somme volée à Incendia.

— C'est tout juste un tiers de leur valeur sur le marché actuel. C'est du vol manifeste, Leo !

Il haussa négligemment les épaules, semblant vouloir dire : « C'est à prendre ou à laisser. »

— Je refuse ! s'exclama-t-elle avec colère.

— Libre à toi. Je vais donc retourner dans l'église expliquer aux invités que mon frère a pris la fuite, t'a abandonnée le jour de ton mariage. La presse exprimera plus de compassion pour toi que pour lui, j'en suis certain. En ce qui me concerne, ce qui va vous arriver m'est complètement égal.

Comme il faisait un pas vers la porte, Helena lui saisit le bras. Leo s'arrêta et abaissa les yeux sur sa main agrippée à sa manche comme s'il ne pouvait croire qu'elle ait osé se permettre un tel geste.

Elle la retira aussitôt, et il se tourna lentement pour lui accorder sa totale attention. Comment avait-elle pu croire qu'il était un homme bien sous tous rapports ? Il lui faisait du chantage avec une offre si offensante qu'elle lui donnait la nausée. Toutefois, elle n'avait guère le choix. Si elle la refusait, Incendia serait déclarée en faillite après le bilan financier. Des arrêts cardiaques subits tueraient des millions de gens, autant de familles seraient en deuil, tout cela parce qu'elle n'aurait pas réussi à réparer les dégâts de l'ancien directeur financier.

Ses paroles précédentes lui revinrent à l'esprit : « Tout ce qui compte, c'est que tu as un besoin urgent de vendre tes parts, or je suis en mesure de te les racheter avant d'autres. » C'était cruel, mais vrai. Il avait cependant commis l'erreur de lui révéler à quel point il les voulait, lui fournissant ainsi une arme, pas énorme certes, mais suffisante pour obtenir ce qu'elle désirait.

— Cent millions, déclara-t-elle d'une voix ferme.

Il eut un mouvement de recul, comme s'il ne la croyait pas capable de contrer son offre ou pire d'oser le faire.

— Non !

— Très bien. Tu as raison. Je vais annoncer moi-même l'annulation du mariage et je trouverai un autre moyen de résoudre mon problème. Dans le fond, cela me permet de conserver mes trente pour cent d'actions Liassidis Shipping.

Une visible tension raidit les épaules de Leo, le faisant paraître encore plus imposant. Il était devenu aussi immobile qu'une statue, à croire qu'il craignait que le moindre mouvement puisse lui faire perdre ce qu'il voulait le plus au monde. Ces fameuses actions.

— Ensuite, quand j'atteindrai mes vingt-huit ans, reprit-elle, je pourrai...

— Soixante-quinze, l'interrompit-il.

— Non.

Leo serra les dents, retenant une réplique cinglante. De toute évidence, Helena Hadden avait appris l'art de la négociation. À une époque, son visage était si expressif qu'il devinait ce qu'elle allait dire avant qu'elle ne parle. Cette fois, il ne s'était pas attendu à l'entendre lui tenir tête. Sa détermination visible l'inquiéta. Il ne pouvait se permettre de la sous-estimer comme il avait sous-estimé sa mère par le passé, car à présent les dégâts étaient susceptibles d'être fatals à Liassidis Shipping.

De plus, et il en était conscient, son offre initiale était à la limite de l'honnêteté. Cent millions ne reflétaient pas non plus la valeur de ces actions et c'était une somme minime comparée à ce que Gwen avait coûté à l'entreprise. Aussi, même si ce prix bas était injuste, il représentait une compensation à retardement.

Leo aurait bien aimé laisser Helena mariner un peu plus longtemps, mais il n'en avait pas le temps. Les murmures de plus en plus insistants venant de l'église indiquaient l'impatience des invités, sans compter que ses parents et le prêtre devaient commencer à se poser des questions.

— Cent millions.

Helena lui tendit la main. Le marché était donc visiblement conclu.

Il ne la serra cependant pas, se contentant de préciser :

— Mes avocats te feront parvenir le contrat.

Là-dessus, il alla chercher le prêtre.

Par chance, ni celui-ci ni ses parents ne firent de remarque.

Helena signa le registre la première.

Voir son nom écrit à côté de celui de son frère serra le cœur de Leo avec une force inattendue.

Son tour venu, il posa le stylo sur la ligne en pointillé, conscient de la situation délicate dans laquelle Leander et Helena l'avaient placé, et de ses conséquences.

Signer ce registre était d'une incommensurable stupidité. Si la tromperie était démasquée, sa réputation serait anéantie et l'entreprise risquait de ne pas s'en relever. Cette fois, ce serait sa faute, et tous oublieraient son dur labeur pour lui éviter la faillite des années auparavant.

Si, en revanche, l'usurpation d'identité n'était pas découverte, Liassidis Shipping lui appartiendrait entièrement.

Sur cette pensée, Leo signa le registre en utilisant le nom de son frère.

Cinq minutes plus tard, il se retrouva avec le prêtre et Helena devant les invités, et attendit avec impatience le moment de pouvoir enfin quitter l'église. La réception serait sans aucun doute moins pénible, il aurait au moins le loisir de se fondre dans la foule. La voix du prêtre interrompit ses pensées :

— En présence de Dieu et de ces témoins, je vous déclare mari et femme. À présent, monsieur, vous pouvez embrasser la mariée.

En un éclair, le pouls de Leo s'emballa, son sang se mit à battre bruyamment à ses tempes. Dans les yeux d'Helena, il lut ce qui ressemblait à de la crainte. Il s'attendait presque à la voir partir en courant, mais elle n'en fit rien, se contentant de le regarder. Et ce regard fut comme une caresse sur ses sens.

Leo leva alors les mains et les arrêta à un millimètre des

joues d'Helena, et il choisit d'ignorer le frisson qui les parcourut tous deux, sachant trop bien combien sa féminité le troublait.

Comme il inclinait la tête en biais pour dissimuler leurs visages, il entendit l'assemblée retenir son souffle et fut surpris de sentir Helena en faire autant tandis que ses yeux au bleu intense s'écarquillaient.

Refrénant son besoin de prendre possession de sa bouche, il intercala un pouce entre ses lèvres et les siennes. Il fut le seul à remarquer le tressaillement à peine perceptible d'Helena.

Dans la seconde suivante, des applaudissements éclatèrent dans l'église.

La seule personne à savoir qu'ils ne s'étaient pas embrassés fut la fausse mariée.

3

Helena avait beau sourire, la honte lui brûlait encore les joues en arrivant dans la grande salle où avait lieu la réception. Son envie familière et jamais disparue avait anéanti toute pensée rationnelle. Elle avait voulu que Leo l'embrasse. Mais, comme s'il ne supportait même plus son simple contact, il avait fait semblant.

Soudain, Kate l'entraîna dans le vestiaire. La porte à peine refermée derrière elle, son amie demanda :

— Que se passe-t-il ? Où est Leander ?

Helena porta un doigt à ses lèvres dans l'espoir d'en effacer la sensation du pouce de Leo, avant de laisser retomber sa main, furieuse d'entendre un gémissement lui échapper et de se sentir frissonner.

— Je te parle, Helena !

— Excuse-moi, ma tête s'est brusquement mise à tourner, répondit-elle très vite, étonnée que son amie ait deviné que le soi-disant marié était le mauvais jumeau Liassidis. Il n'est... pas venu.

— Merci, ça, je m'en suis rendu compte. Où est-il ?

— Il a dû partir de toute urgence, d'après ce que j'ai compris.

— Mais où donc ?

— C'est ce que j'aimerais savoir.

Toutes deux se retournèrent en entendant la voix de Leo.

Debout sur le seuil, si grand qu'il en occupait tout l'espace, il semblait aussi réticent à entrer qu'Helena l'était à l'idée de le voir l'approcher.

Kate lui lança un regard noir.

— Peu importe où Leander se trouve en ce moment, rétorqua-t-elle avant de ramener son attention sur Helena pour demander : Comment te sens-tu ?

Voir les traits de Leo se figer la réjouit. Il n'avait pas l'habitude d'être ignoré de la sorte. Tant mieux, se faire remettre à sa place lui faisait du bien.

— Ça va, répondit-elle alors. J'ignore où il est, mais Leo va le remplacer jusqu'à son retour.

— C'est ridicule. Pourquoi est-il parti aujourd'hui en particulier ? Quand doit-il revenir ?

— Il a parlé d'un imprévu et dit qu'il reviendrait avant la fin de la lune de miel.

— C'est tout ? Il ne t'a donné aucune explication ?

— Il ne lui a pas parlé, intervint Leo. Il *m'a* laissé un message vocal.

— Eh bien, nous devons le retrouver, décréta Kate.

Leo, de toute évidence furieux d'être écarté de la conversation pour la deuxième fois, la fusilla du regard, ce dont la meilleure amie d'Helena n'avait cure car Kate se tourna à nouveau vers elle :

— As-tu une idée de l'endroit où il aurait pu se rendre ?

— Comment le saurait-elle ? demanda Leo. Il...

Helena l'interrompit à son tour :

— Il aurait pu aller n'importe où, mais je penche pour l'une de ses propriétés. Le problème est qu'il en possède trop pour qu'on vérifie laquelle il a choisie. Pourtant, il faut qu'il revienne. J'ai besoin de lui ici.

— Quel mufle de t'avoir laissée seule au pied de l'autel !

s'exclama Kate. Ne t'inquiète pas, je vais le retrouver. Je te le promets.

Helena l'espéra. Il y avait trop en jeu dans ce mariage. Et, même si Leo s'était engagé à couvrir son frère, qu'il parvienne à tenir ce rôle n'était pas certain. S'il était démasqué, la presse s'en donnerait à cœur joie, et les conséquences seraient terribles.

— Mon jet est à ta disposition, déclara alors Leo.

Kate lui lança un regard méprisant.

— C'est censé m'impressionner ?

Les yeux de Leo étincelèrent d'une froide colère. Un petit rictus abaissa les coins de sa bouche et il laissa tomber d'un ton au dédain non dissimulé :

— Je ne t'aime pas du tout.

— Parfait, parce que je ne t'aime pas non plus, rétorqua Kate avant de poursuivre à l'intention d'Helena : Fais-moi une liste des propriétés de Leander. Je vais partir le chercher sur-le-champ.

— Ce n'est pas possible maintenant. Tu dois faire un discours, et si tu disparaissais, les gens comprendraient qu'il se passe quelque chose d'anormal.

Kate devait être présente pendant les heures suivantes. Quant à elle, après la réception, elle rejoindrait avec Leo la villa que Leander avait louée pour leur lune de miel dans le Magne, et pourrait enfin respirer et réfléchir au calme à un plan d'action pour sauver la situation.

Helena menait toutes ses missions à bien, elle réussirait celle-ci. La vie de millions de personnes et l'avenir d'Incendia en dépendaient. Pas question de baisser les bras. Il y avait sûrement une solution.

— D'accord, répondit Kate. Je partirai après les discours.

— C'est parfait.

— Cela me fera un entraînement pour Bornéo.

Son amie faisait allusion à son prochain départ pour cette

île d'Asie du Sud-Est et à la réalisation de son rêve de toujours, être vétérinaire dans un orphelinat pour orangs-outangs. Helena sentit son cœur se serrer à l'idée de la voir partir si loin, mais se réjouit pour elle.

— D'accord, mais si tu n'as pas trouvé Leander dans trois jours, promets-moi d'abandonner. Tu as encore un tas de préparatifs à effectuer pour Bornéo, je ne veux pas que tu rates cette occasion.

— Tout est prêt, il ne me reste qu'à faire mes adieux. Aussi, ne t'inquiète pas. De toute manière, je le trouverai vite, j'en suis certaine.

Leo, qui avait sorti son téléphone et tapé un message, leva les yeux vers les deux jeunes femmes, qui le regardaient, et demanda d'un ton pincé :

— Ai-je l'autorisation de parler maintenant ?

— Cesse de faire la tête, répliqua Kate. Ça va te filer des rides.

Un éclair rageur brilla dans les yeux de Leo. Kate reprit alors la parole sans lui laisser le temps de rétorquer.

— Ton jet est disponible ?

— Oui, répondit-il avant de tendre – visiblement à contrecœur – une carte de visite à Kate. Donne-la au pilote. Lui et l'équipage t'aideront, te procureront tout ce dont tu auras besoin et te conduiront là où tu veux. Juste un conseil... sois aimable avec eux. D'accord ?

Kate lui décocha un sourire mielleux.

— Je *suis* aimable. Avec ceux qui le méritent.

Sur ce, elle quitta le vestiaire pour rejoindre la réception.

Helena ne put retenir le petit sourire narquois qui lui monta aux lèvres. Voir quelqu'un remettre à sa place Leonidas Liassidis était on ne peut plus réjouissant. Surtout car il lui était impossible de le faire elle-même. Quels que soient ses sentiments pour cet homme, elle avait besoin de lui, au moins jusqu'au retour de Leander.

— Que lui as-tu dit à mon sujet ? demanda Leo.

— Seulement la vérité.

Sur cette pique, Helena passa devant lui, la tête haute, et partit rejoindre son amie.

Assis à côté d'Helena à table, entre ses soucis, le soleil qui se réfléchissait sur la nappe blanche et le bruit des discussions, Leo sentit le mal de tête le gagner. Sans même le réaliser, il grimaça.

— Pourrais-tu au moins essayer de sourire, murmura Helena avec hargne entre ses dents serrées.

— Il m'est difficile de trouver une raison de le faire dans cette situation.

— Pense à toutes les actions que tu vas obtenir pour un prix dérisoire.

Son air farouche le fit sourire. Cela enragea visiblement Helena car sa gorge émit un râle irrité. Il sourit plus largement avant de reporter son attention sur la salle.

Leo aurait pu compter sur une seule main le nombre de personnes qu'il connaissait – à savoir la mariée et ses propres parents. La vie de son frère lui était devenue terriblement étrangère. Non pas que cela le perturbe. Si ces gens appréciaient son jumeau malgré son égoïsme et sa capacité à trahir d'une seconde à l'autre, tant pis pour eux.

Ne même pas se présenter à son propre mariage, n'était-ce pas là la trahison suprême ?

Un mariage que Leander n'avait accepté que pour permettre à Helena d'accéder à son héritage...

Son enchaînement de pensées fut interrompu par la manière dont cette dernière tendait le cou pour scruter la salle.

— Quelque chose ne va pas ? demanda-t-il.

— Non, je cherche...

Elle se tut soudain alors que ses yeux se fixaient sur un point et qu'un léger sourire d'espoir fleurissait sur ses lèvres, puis fit un petit signe de main, comme peu certaine de la manière dont il serait reçu.

Leo suivit son regard et vit Gwen répondre au sourire de sa fille par un autre à peine ébauché.

Il sentit sa vieille colère se réveiller à la vue de cette femme. Celle-ci se pencha à ce moment-là pour dire quelques mots à son compagnon – son second mari, présuma-t-il, épousé un an après son fiasco avec Liassidis Shipping. L'homme – John, si ses souvenirs étaient exacts – travaillait dans le secteur financier.

Comme elle arrivait à côté d'eux, Leo eut l'impression de voir Helena dans trente ans. Des cheveux au blond souligné d'élégantes mèches argentées, des pommettes hautes, et une peau qui avait résisté à l'usure du temps. Gwen Hadden était légèrement plus petite qu'Helena, qui avait hérité sa taille de son père, mais les deux femmes possédaient la même grâce.

— Ta robe est très belle, ma chérie, déclara Gwen d'un ton dépourvu de chaleur avant d'ajouter : Bien qu'elle vienne d'une designer débutante. Mais quelle idée d'avoir habillé Kate en doré !

Son agressivité flagrante surprit Leo. Pas autant toutefois que l'attitude d'Helena. Après l'avoir entendue négocier avec tant d'énergie le prix de ses actions quelques heures auparavant, la voir soudain perdre son assurance et dissimuler une peine que sa mère *devait* avoir remarquée l'étonna au plus haut point.

— Je suis si heureuse que John et toi ayez pu venir.

Leo jeta un coup d'œil au mari en train de manger tout en discutant avec ses voisins. Quel goujat, il aurait tout de même pu se déplacer !

— Bien sûr, il a dû interrompre son séjour de golf, du coup nous prolongerons nos vacances. Tu viendras à notre petite fête en automne ?

— Je ne sais pas encore, maman. La fin d'année est une période chargée au travail.

— Ce serait agréable de t'avoir aussi, Leander, dit alors Gwen, faisant enfin attention à lui.

Helena posa une main sur la sienne. Aux yeux de tous, un geste affectueux, mais personne ne vit ses ongles presser sa paume au point d'y laisser leur marque. Leo maintint son sourire malgré le pincement et inclina la tête en signe d'assentiment.

— Ton père aurait été heureux de pouvoir être là aujourd'hui, ma chérie.

Sur ces mots, accompagnés d'un hochement de tête comme si elle estimait s'être acquittée de son devoir maternel, Gwen s'éloigna.

Leo remarqua alors combien le visage d'Helena avait changé. Il était redevenu celui d'une petite fille cherchant l'approbation de ses parents.

Le cœur soudain serré, Helena s'efforça de surmonter sa peine. Il ne s'agissait pas d'un véritable mariage, elle ne devait donc pas regretter que son père soit absent, lui qui avait souhaité – en plaisantant – voir les familles Liassidis et Hadden unies par le biais de leurs enfants. Quant à sa mère, elle était venue, et espérer plus qu'elle ne pouvait lui offrir n'était pas raisonnable.

Une fois Gwen de retour à sa table, Helena osa enfin jeter un coup d'œil à Leo, dont l'expression était comme la plupart du temps indéchiffrable. En fait, réalisa-t-elle soudain, c'était la première fois qu'il revoyait sa mère depuis la dispute entre eux. Après cela, Gwen avait vendu ses actions Liassidis Shipping à l'entreprise.

Tandis qu'il prenait une gorgée de vin, elle se remémora la discussion enflammée de cette nuit fatidique. En particulier les derniers mots qui les avaient mises à l'écart, elle et sa mère, de la vie de tous les Liassidis, sauf de celle de l'un d'eux.

« Que veux-tu que je fasse, Leo ? avait demandé Gwen.

— Que tu remontes dans le temps et deviennes invisible.

— Ne sois pas si gamin.

— J'aurais surtout aimé que tu ne fasses rien en premier lieu ! Ce que je souhaite – et le conseil d'administration avec moi – est que tu nous vendes tes actions et laisses Liassidis Shipping tranquille. Ensuite, que tu disparaisses. Je ne veux plus jamais te revoir. »

Les paroles échangées et la colère palpable ce jour-là avaient choqué l'adolescente de seize ans qu'était à l'époque Helena, et qui pleurait son père de surcroît. Elle s'était donc efforcée de ne plus y penser. Leander avait été le seul Liassidis à rester en contact avec elle après. Helena s'était souvent demandé si cela avait contrarié Leo. Quoi qu'il en soit, ça avait fortifié leur amitié. Ils s'adoraient, s'aimaient d'un amour fraternel.

En fait, elle avait toujours cru que Leander et Kate formeraient le couple parfait, sans jamais arriver à les réunir sous un même toit. Ils s'étaient seulement rencontrés pour la première fois la semaine précédente, lorsque Kate était venue en Grèce pour le mariage.

Ils avaient passé de si délicieux moments tous les trois qu'elle ne comprenait pas pourquoi il avait soudainement disparu. Et comprenait encore moins qu'il n'ait pas été capable de l'en avertir, elle. À la place, il avait choisi de compter sur son jumeau à qui il n'avait pas adressé la parole depuis cinq ans.

La voix du maître de cérémonie la tira de ses réflexions :

— Et maintenant, accueillons M. et Mme Liassidis sur la piste pour leur première danse en tant que mari et femme !

Comme Leo se levait et lui tendait la main, la panique fondit sur Helena. Soudain, elle souhaita être n'importe où mais pas là. Se retrouver dans les bras de celui qui lui avait on ne peut plus clairement fait comprendre qu'il détestait son seul contact lui était insupportable.

Hélas, elle n'avait pas le choix.

Ils arrivèrent sur la piste au moment où les premières mesures de la chanson *At last* par Etta Jones s'élevaient. Comme Leo lui posait une main au creux des reins, un frisson lui parcourut le corps. Même s'il était impossible qu'il ne l'ait pas remarqué, il garda les yeux rivés sur les invités.

En un éclair, Helena se retrouva dans la peau de l'adolescente de quinze ans follement amoureuse de son ami d'enfance. Celle à l'égard de qui il était devenu étonnamment froid après avoir entendu les propos de sa petite amie qui voyait d'un mauvais œil leur amitié. Celle qu'en ce moment il ne supportait même pas de regarder.

— Dire que, selon toi, c'était moi qui n'arriverais pas à jouer le jeu, murmura-t-il avant d'intensifier la pression de sa main sur ses reins pour la rapprocher de lui.

Helena aurait pu reculer, détacher sa poitrine plaquée contre le torse de Leo si elle l'avait voulu, mais elle n'en avait aucune envie. En fait, son corps la trahissait. Son pouls s'était emballé, le désir lui avait fondu dessus en un instant au contact de sa paume chaude.

Penchant la tête en arrière, elle croisa son regard dont l'intensité la frappa. Ses yeux brillaient, des éclats dorés parsemaient le brun profond de ses iris.

Sentait-il lui aussi la formidable énergie qui circulait entre eux ? Le désir ?

Imperceptiblement, il remonta sa main de ses reins à ses côtes jusqu'à ce que le bout de ses doigts soit dangereusement proche du dessous de son sein. Une bouffée de chaleur enflamma les joues d'Helena.

Leo inclina alors la tête pour lui murmurer à l'oreille :

— Pense à tout l'argent que je vais bientôt te donner.

L'entendre lui retourner ses propres propos éteignit en un éclair le brasier en elle. Aurait-il interprété sa réaction comme de la colère ? Avait-elle été assez stupide pour le croire en proie au désir ?

En définitive, c'était peut-être mieux ainsi. Il avait raison, elle devait penser à cet argent, à ses bienfaits pour l'organisation caritative qui par le passé l'avait sauvée.

Et pour cela, Helena n'avait d'autre choix que de vendre ses actions à Leo et de se comporter avec lui comme une épouse amoureuse afin que ce mariage paraisse réel.

En sentant la petite main d'Helena posée dans la sienne les attirer toutes deux pour les placer entre leurs cœurs, Leo retint son souffle. Il ne se souvenait pas de la dernière fois où il avait serré une femme dans ses bras, mais savait que cela ne lui avait pas fait un effet aussi... incendiaire.

En fait, depuis la rupture de ses fiançailles avec Mina, il n'avait jamais pu faire confiance à une autre compagne. Bien sûr, il avait eu des relations, toujours cependant avec des femmes choisies pour leur discrétion et leur honnêteté.

Helena était loin de posséder ces deux qualités. Pourtant, lorsqu'elle leva son autre main, la plaça dans son cou et caressa la naissance de ses cheveux du bout des doigts, il dut réprimer un frisson. Son corps ignorait visiblement qu'il s'agissait là d'une manœuvre destinée à maintenir les apparences.

Il hésita entre l'attirer plus encore contre lui – ce que son cœur désirait – et s'écarter d'elle – ce que lui dictait sa raison.

Risquant un coup d'œil à son visage, il remarqua l'éclat argenté du collier autour de son cou. De surprise, Leo manqua trébucher.

Helena resserra alors ses doigts autour des siens.

Affichant un grand sourire pour le bénéfice des invités, Leo éleva leurs mains et la fit tourner sur elle-même. L'éloigner de lui était le seul moyen de donner à ses pensées endiablées le temps de se calmer.

— Qu'y a-t-il ? demanda-t-elle une fois revenue dans ses bras.

— Je suis étonné que tu portes ce collier.

— Pourquoi ne le porterais-je pas ? C'est un cadeau de Leander.

De Leander ?

Bien sûr ! D'un coup, il se souvint. C'était le jour de Noël, une des rares fêtes que Leander revenait passer en famille. Leo avait acheté cette fine chaîne avec en son centre une pivoine en émail car c'était la fleur préférée d'Helena – elle avait quinze ans à l'époque, son père était toujours vivant et sa mère n'avait pas encore failli mettre Liassidis Shipping en faillite. Mais le matin même, Mina et lui s'étant disputés, il s'était demandé comment donner son cadeau à Helena quand son frère, qu'un sixième sens avait dû alerter, avait volé à son secours et tendu le paquet dont l'étiquette indiquait « Pour Helena de la part de L », comme s'il venait de lui.

Tandis que tout le monde s'émerveillait de la délicatesse du pendentif, Mina avait affiché sa contrariété en découvrant les boucles d'oreilles qu'il lui avait offertes à la place de la bague de fiançailles qu'elle attendait. Il n'osait penser à la terrible scène qu'elle lui aurait faite si elle avait découvert la vérité au sujet du cadeau d'Helena. Leander l'avait vraiment sauvé en s'en attribuant le mérite. Cela avait peut-être bien été leur dernier moment de complicité entre jumeaux.

— C'est une pivoine, expliqua Helena.

Comme s'il ne le savait pas !

Ne sachant que répondre, car cette histoire lui était totalement sortie de la tête jusqu'à cet instant, il prit un air inspiré pour dire :

— Ah… Je vois.

— Ce collier est le « quelque chose d'ancien » de la tradition. Le « quelque chose de bleu » est sans conteste le *blues* que j'ai ressenti en te trouvant à la place de Leander devant l'autel, et le « quelque chose de neuf » doit être toi, à moins que tu ne sois le « quelque chose d'emprunté ».

— Emprunté me paraît plutôt s'appliquer aux actions, rétorqua-t-il sèchement tant l'afflux de souvenirs l'avait troublé.

— Bien sûr, car ça t'arrange d'oublier que mon père a non seulement aidé Giorgos à fonder Liassidis Shipping, mais aussi à trouver les marchés qui ont établi l'entreprise sur le plan international dès le départ. Ton histoire révisionniste préfère ne pas s'en souvenir, n'est-ce pas ?

Leo serra les dents face à cette repartie trop bien assenée à son goût.

Comme la chanson prenait fin, un sourire un peu tremblant étira les lèvres d'Helena avant de disparaître.

— Bon, on en a fini ici, déclara-t-elle en se libérant de ses bras.

Elle quitta alors la piste de danse en adressant de petits signes de main aux invités, puis fila retrouver Kate qui devait l'attendre avec impatience.

Leo se retrouva subitement seul avec tous les regards braqués sur lui.

Mal à l'aise, il lui fallut une seconde pour se souvenir qu'il avait un rôle à jouer : se faire passer pour Leander.

Il se força donc à adresser un grand sourire à l'assemblée, exécuta une courbette exagérée puis rejoignit sa table, ayant autant besoin d'un peu de temps loin d'Helena qu'elle en avait besoin loin de lui.

Comme l'hélicoptère décollait, Helena étouffa un soupir, soulagée que le vrombissement des pales remplisse le silence qui s'était abattu entre Leo et elle dès l'instant où ils avaient quitté la réception.

Et il ne se risquerait pas à parler pendant le vol car, comme elle l'en avait averti, leurs conversations personnelles passaient sur le même canal que celles avec le pilote, or ce dernier connaissait bien Leander et remarquerait la supercherie à la moindre erreur de sa part.

Ses adieux à Kate avaient été tristes car l'occasion de revoir son amie avant son départ pour Bornéo ne se présenterait peut-être pas. De plus, leur brève discussion avait été centrée sur Leander.

Pourvu que Kate le trouve. Moins elle-même passerait de temps avec Leo, mieux ce serait. Le sentir auprès d'elle était stressant à l'extrême. Elle ne cessait de penser au chantage qu'il avait exercé pour obtenir qu'elle lui vende ses actions. Sans l'urgence de son besoin d'argent, jamais elle n'aurait accepté un prix aussi dérisoire !

Il garda le regard rivé sur la fenêtre pendant toute la durée du vol.

L'appareil se posa enfin sur l'hélistation de la superbe villa du Magne.

Leurs bagages avaient été expédiés plus tôt dans la matinée afin que leurs affaires soient installées à leur arrivée. Helena ne rêvait que d'une chose : se changer enfin. Aussi belle que soit sa robe, elle n'était pas des plus confortables après d'interminables heures.

Le copilote sortit, ouvrit leur porte et tendit la main à Helena, qui se hâta de descendre et de traverser la pelouse car des larmes de rage lui brûlaient soudain les yeux.

Désormais, elle allait être seule avec Leo chaque minute de la journée, le mufle qui avait profité de sa détresse pour négocier au plus bas son héritage. Et pire encore, dans la villa que

Leander avait louée et qui aurait dû être leur refuge pour une semaine où, loin des regards, ils pourraient être eux-mêmes.

Ce ne serait pas un refuge, mais une prison avec la présence constante de Leonidas Liassidis !

— Où vas-tu, si vite ? demanda Leo en la rejoignant dans le salon.

Helena attrapa la bouteille de champagne posée à leur intention dans un seau à glace avant de répondre :

— Me coucher. Seule. Avec ça.

Et elle tourna les talons sans lui laisser le temps de répondre, afin de dissimuler les premières larmes qui roulaient sur ses joues.

4

Helena se réveilla dans un grand lit, se rappelant seulement s'y être effondrée la veille au soir, avoir fermé les yeux et pensé faire une courte sieste.

À en juger par les rayons éclatants du soleil, c'était le matin. Un coup d'œil au réveil le confirma : 7 heures.

Elle avait donc dormi douze heures !

Mauvais signe…

Un si long sommeil était toujours chez elle la réponse à un stress intense. Un réglage par défaut de son corps lié à un instinct primitif de préservation, ce qui en soi était un avertissement.

Elle se passa les mains sur le visage, puis s'assit au bord du lit, la tête lourde. L'éclat de l'alliance en platine qui brillait à son doigt finit de lui éclaircir les idées.

Mariée. Elle était désormais mariée à Leander Liassidis, pour une raison impérative.

Seulement, ce n'était pas Leander qui passait sa lune de miel avec elle, mais son jumeau.

Cela ne représentait pas un réel problème tant que la presse n'était pas au courant de la supercherie. Et si ce mariage restait crédible assez longtemps, elle pourrait sauver Incendia.

Cette pensée devrait l'aider à affronter la journée. Après avoir pris une douche, Helena enfila une longue robe ample en mousseline beige. Après tout, Leo se moquait de son apparence.

Une fois sur le balcon prolongeant sa chambre, elle admira la vue sur la Méditerranée. Sous les rayons du soleil levant, sa surface brillait de mille feux, l'éblouissant. Fermant les yeux, elle offrit son visage au soleil, et respira l'air iodé et les effluves de romarin, odeurs qui toujours lui rappelaient la Grèce.

Son foyer, selon son cœur. Sa tête lui reprocha aussitôt cette pensée saugrenue.

Elle se sentait liée à la Grèce par son père dans la mesure où il avait brillamment réussi dans ce pays, mais sa vie était en Angleterre où vivait sa chère amie. Or Kate partirait bientôt pour Bornéo, et elle serait seule à son retour à Londres. Le côté positif, c'était que cela lui permettrait de se consacrer davantage à son travail, au succès d'Incendia *après* le bilan financier de fin d'année.

Helena soupira et ouvrit les yeux. Un bruit en contrebas attira son attention. Là, dans la piscine à débordement – si bien intégrée au paysage qu'elle semblait se fondre dans la mer, raison pour laquelle elle ne l'avait pas remarquée avant – Leo fendait la surface en un crawl élégant.

Ses cheveux noirs brillant sous l'action conjuguée de l'eau et du soleil, les muscles de son corps élancé se dessinant à chaque mouvement, il ressemblait à un dieu grec.

Aussitôt, Helena sentit ses joues s'enflammer et son pouls s'emballer. Impossible de se méprendre plus longtemps sur les réactions de son corps. Ce n'était pas la colère qui accélérait les battements de son cœur. Ce n'était pas le ressentiment qui lui brûlait la peau. L'effet de Leo sur elle était écrasant. Et il y avait aussi cette chaleur insistante au cœur de son intimité. Personne n'avait provoqué de pareilles manifestations en elle.

Mais celui avec qui un jour elle voudrait être, à qui elle voudrait se donner, ne devrait pas seulement faire chanter son corps. Il devrait la faire se sentir aimée, chérie et désirée pour ce qu'elle était et rien d'autre.

Ce ne serait donc jamais l'homme nageant dans la piscine en cet instant. Le froid et distant Leo ne voulait qu'une chose d'elle : ses actions. Ensuite, une fois qu'il les aurait obtenues, il disparaîtrait de sa vie, comme il l'avait déjà fait une fois, sans un regard ni le moindre regret.

Leo avait bouleversé son adolescence, hors de question de le laisser agir de même à présent. Helena décida donc de rester loin de lui, sauf dans les moments où ils seraient obligés d'être ensemble.

Leo se hissa pour la énième fois de l'après-midi hors de la piscine. Il avait beau multiplier les baignades, se dépenser ainsi ne diminuait en rien la frustration qui le rongeait depuis deux jours.

L'absence manifeste d'Helena dans les parties communes de la villa suggérait qu'elle l'évitait. En toute franchise, cela l'arrangeait. Il avait ainsi pu assister à des visioconférences même si, selon son assistante qui avait pris sur elle d'alléger sa charge de travail pour le temps de ses soi-disant vacances, sa participation n'était pas indispensable.

Or il n'aimait pas du tout cela. Au cours des années, il avait établi une routine qui lui convenait et convenait à Liassidis Shipping. Ses longues journées de labeur et sa concentration totale avaient déjà sauvé l'entreprise une fois, et lui permettaient de conserver désormais sa place parmi les premières de sa catégorie.

Leo fit quelques rotations de tête afin de dénouer ses muscles tendus, tout en admirant la vue sur la mer si semblable à celle qu'offrait l'île de ses parents. Il n'y était pas retourné depuis un certain nombre d'années. Officiellement, son absence était due à une surcharge de travail. Mais ne s'agissait-il pas plutôt d'une excuse afin d'éviter d'y rencontrer son frère ?

Quoi qu'il en soit, depuis les deux derniers jours, des souvenirs dérangeants, pour ne pas dire douloureux, lui revenaient sans arrêt à l'esprit. Il devait peut-être leur retour au fait d'avoir revu Helena, ou encore ses parents, ou peut-être un peu des deux.

« Alors, les garçons, avez-vous pris votre décision ?

— Oui, papa. J'ai décidé de travailler chez Liassidis Shipping », s'était-il empressé de répondre, trop heureux que son père veuille leur transmettre la direction de l'entreprise, et impatient de faire ses preuves, de le rendre fier de lui. Heureux aussi de travailler aux côtés de son frère, de devenir adulte avec lui.

« Et toi, Leander ?

— Je choisis de poursuivre ma propre voie. »

Cette discussion toujours aussi fraîche à sa mémoire lui fit serrer les dents. Leander n'avait même pas pu le regarder en face en répondant à leur père ! Mais le pire, c'était le fait qu'ils avaient passé des mois, des années même, à élaborer ensemble des plans pour leur avenir commun et que, tout du long, son frère lui avait laissé croire qu'il partageait son but, ses idées, son rêve.

Or cela s'était avéré être une illusion.

Le choc avait été terrible.

Il était donc seul.

Et il l'était encore, trois ans plus tard, lorsque Gwen s'était prise pour une femme d'affaires. À cette époque, Leo ne s'était pas attendu à recevoir l'aide de Leander – ni ne l'avait souhaité, d'ailleurs. Mais affronter la tempête et sauver Liassidis Shipping du désastre lui avait aussi incombé à lui seul.

Y parvenir lui avait enseigné une inestimable leçon. S'il ne pouvait pas compter sur son jumeau, il ne pouvait compter sur personne.

De ce moment, son indépendance était devenue un atout substantiel. Sans personne pour le distraire de lui-même ou de son travail, l'entreprise n'était plus sujette à l'incompétence ou à la trahison d'autrui.

Leo finissait de se sécher lorsque son mobile bipa. Un SMS s'afficha :

On assiste à un vernissage ce soir.

Furieux qu'Helena ne l'en ait pas averti plus tôt ou en personne, il tapa :

Ah bon ?

La réponse arriva quelques secondes plus tard :

Une voiture viendra nous chercher dans une demi-heure.

Le ton sec de ces messages l'exaspéra, mais il se retint d'envoyer une réponse acerbe. Helena avait besoin de lui, et il avait besoin d'elle. En la contrariant, il risquait de ne jamais obtenir ses actions et n'aurait donc jamais le contrôle absolu tant désiré sur Liassidis Shipping.

Une fois dans sa chambre, il passa en revue les vêtements de son frère. Leander avait dû avoir une raison impérieuse pour partir avec une telle hâte, et il n'avait probablement emporté que son téléphone et son passeport, songea-t-il face à l'abondance de tenues.

Décidant que le pourquoi du comportement de Leander ne le concernait pas, Leo se doucha et s'habilla. Il finissait de boutonner sa chemise lorsqu'il réalisa que, par la porte entrouverte, il avait une vue directe sur la chambre d'Helena à l'autre extrémité du couloir.

Debout devant la psyché, les cheveux relevés en un chignon haut, la tête inclinée sur le côté révélant la courbe gracieuse de son cou, elle était en train de mettre une boucle d'oreille. Ce geste si simple lui parut étrangement intime, comme s'il n'aurait pas dû en être témoin.

Leo ne put cependant pas détourner les yeux. Son regard glissa sur sa robe longue vert jade, se délectant de ce moment de voyeurisme. En un éclair, son imagination s'emballa, lui proposa ce dont son inconscient rêvait désespérément.

Une vision de sa peau claire soulignée par des sous-vêtements diaphanes au vert assorti à sa robe s'imposa à son esprit. Il vit sa propre main caresser cette peau, la sentit frémir sous ses doigts, huma son délicieux parfum tandis qu'il parcourait ses seins de baisers et descendait vers son intimité prête à le recevoir.

Tout à l'érotisme de son fantasme, Leo vit un millier d'images se succéder sur ses rétines. Son désir se fit féroce. Son cœur se mit à battre à tout rompre. La sueur perla à son front.

À cet instant, une soudaine tension dans les épaules d'Helena le ramena à la réalité. Elle s'était rendu compte qu'il l'observait.

Il fit un pas de côté afin de se soustraire à sa vue, puis s'empressa de reprendre le contrôle de son corps. Sa réaction était seulement celle, instinctive, d'un homme face à une jolie femme. Cela ne se reproduirait plus.

Helena représentait un moyen d'atteindre son but. Il ne voulait rien d'autre d'elle.

Lorsque Leo sortit de sa chambre, elle s'avança vers lui, sa pochette à la main. Sa mine impatiente le poussa à s'excuser.

— Désolé, je crains que nous soyons en retard.

— Leander l'est toujours.

— Oui, mais moi jamais, répliqua-t-il d'un ton sec, contrarié de l'entendre parler de son frère. D'ailleurs, je devrais être à des kilomètres d'ici en cet instant.

Elle le foudroya du regard.

— Peu importe. Tu es ici, et souviens-toi d'une chose. Si les gens te reconnaissent en raison de ton comportement, ou ne croient pas à notre histoire de jeune couple amoureux, tu pourras dire adieu à tes actions.

La voiture s'arrêta au pied du tapis rouge déployé devant la galerie de Kalamata pour l'exposition d'une artiste émergente dont les œuvres attiraient l'attention pour sa manière déstabilisante de représenter les fantasmes masculins. Helena avait été heureuse de lui apporter son soutien lorsque Leander lui avait parlé du vernissage, mais, avec Leo à ses côtés, elle aurait préféré être n'importe où ailleurs.

Les photographies de la jeune femme, aussi détaillées qu'osées, avaient provoqué des réactions extrêmes de la part de la presse ainsi que du public. Elle n'osait donc imaginer quelle serait celle de Leo.

Ce dernier descendit de voiture, puis lui tendit la main. Son sourire la troubla après le silence froid entre eux pendant le trajet, puis elle se souvint qu'il était censé être Leander.

Les appareils photo se mettant à crépiter, Helena posa une main au creux du bras de Leo, et tous deux s'avancèrent entre les barrières maintenant les paparazzis hors du tapis. Comme toujours, sentir la lumière des flashs sur elle lui donna l'impression d'être agressée. En Angleterre, la fortune et la notoriété de sa famille attiraient l'attention mais, après l'annonce de son mariage avec un fils Liassidis, cette attention avait atteint des sommets.

Dans la seconde suivante, les questions fusèrent.

— Comment se passe la lune de miel, Helena ? demanda un journaliste.

D'autres suivirent que tous deux ignorèrent.

Elle sentit le coude de Leo se fléchir, serrer davantage sa main. De toute évidence, cet intérêt le gênait. Il n'avait jamais courtisé la presse. Surtout pas depuis les mois de commentaires spéculatifs souvent dédaigneux sur son leadership qui avaient suivi ses débuts à la tête de Liassidis Shipping. Un véritable harcèlement médiatique. Il en avait toutefois protégé Gwen, même s'il avait orchestré son retrait de l'entreprise.

— Êtes-vous ici par goût de l'art ou espérez-vous trouver un ambassadeur de marque pour Incendia ?

Leo, qui jusque-là avait gardé les yeux rivés devant lui, venait de lui jeter un coup d'œil en entendant le nom d'Incendia. Comme s'il découvrait là un point dont il pourrait tirer profit.

Or il ne se trompait pas...

Chassant cette idée pour saisir l'occasion d'accroître la visibilité de son organisation caritative, Helena marqua un arrêt, chercha des yeux le journaliste à l'origine de la question et afficha un sourire :

— J'aurais beaucoup de chance d'en trouver un, mais ce soir nous sommes simplement venus admirer l'exposition. Efi Balaskou est une artiste fascinante et j'ai hâte de voir ses œuvres.

— Félicitations pour votre mariage, Leander. Quel superbe événement.

Leo sourit largement, déclenchant une nouvelle série de flashs.

— Ce n'était qu'une petite fête, répondit-il d'un ton taquin inhabituel chez lui, avant de poursuivre en se tournant vers elle : Mais c'était parfait, n'est-ce pas, *agapi mou* ?

Bien qu'il ait utilisé ce terme uniquement parce qu'elle lui avait dit de ne pas le faire, Helena lui retourna son sourire.

— Votre frère ne l'a cependant pas honoré de sa présence. Nous avons tous entendu des rumeurs au sujet de votre discorde, mais n'auriez-vous pas aimé l'avoir à vos côtés en ce jour important ?

Helena refréna l'envie de se mordre la lèvre. Elle n'avait pas prévu cette question. Comme Leo regardait le journaliste, elle paniqua et raffermit sa poigne sur son bras. La pause, pourtant infinitésimale, qu'il marqua avant de répondre lui parut durer une éternité.

— Vous connaissez Leo Liassidis, laissa-t-il tomber avec un soupir entendu.

L'homme rit, pensant visiblement qu'il s'agissait d'une plaisanterie complice.

— Oui, quand on parle de lui, « guindé » et « coincé » sont les deux adjectifs qui viennent à l'esprit.

Helena était au supplice. Penser cela était une chose, mais le dire à la face de l'intéressé ! Craignant sa réaction, elle tenta de voler à son secours.

— Je...

— Bien vu, l'interrompit Leo avant de poursuivre en imitant son propre ton sérieux : Il avait *des affaires très importantes*. Mon frère est marié à son bureau. On ne le changera pas de sitôt, je crains.

Des éclats de rire fusèrent.

— Et vous, Helena, son absence ne vous a pas offensée ?

Leo la regarda, une étincelle de défi dans les yeux, comme pour lui dire : « Vas-y, saisis ta chance. » Son air espiègle effaça des années d'amertume entre eux pour la ramener avant l'horrible Noël de ses quinze ans, à une époque où leur relation lui était douce et où elle avait l'impression de le connaître.

— C'est sa présence qui m'offense en général. Aussi, j'ai apprécié son absence.

Il éclata d'un rire si contagieux qu'Helena ne put s'empêcher de sourire. La chance ne lui était pas donnée tous les jours de marquer un point contre Leo Liassidis, mais en plus parvenir à le faire rire à gorge déployée comme au bon vieux temps était un exploit.

Une rafale de flashs crépitèrent. Leo se ressaisit aussitôt et lui fit signe que le moment était venu de repartir. Elle le suivit sur le tapis rouge jusqu'à la porte de la galerie, éblouie par les flashs. Pas par *lui*.

Leo n'en revenait pas d'avoir ri. Il aurait dû être furieux d'entendre la pique d'Helena. Mais elle l'avait surpris, or personne ne l'avait fait depuis des années.

Il apprécia étrangement cette occasion de dépasser la rancœur du passé, ne serait-ce que pour un temps.

Dès leur entrée dans la galerie, un serveur leur offrit une coupe de champagne. Leo en prenait une gorgée lorsque, se tournant pour jeter un regard aux personnes déjà arrivées, il se trouva face à une photographie quasiment grandeur nature. De stupeur, il manqua s'étouffer. En même temps que le liquide descendait dans sa gorge, les bulles montèrent dans son nez, lui bloquant la respiration.

Helena, qui avait suivi son regard, esquissa un petit sourire narquois avant de lui tendre une serviette en papier. Les yeux larmoyants, il s'efforça d'avaler tout en détournant le regard du cliché qui avait provoqué ce désastreux incident.

— Que diable m'as-tu emmené voir, Helena ? murmura-t-il dès qu'il eut retrouvé la faculté de parler.

— Cela s'appelle de l'art, Le... Leander.

Dieu merci, elle s'était rattrapée juste à temps pour prononcer le nom de son frère, apprécia-t-il, mais cela n'excusait pas qu'elle ne l'ait pas averti.

— Ça ? lâcha-t-il d'un ton dégoûté. Je le qualifierais plutôt de pornographie.

Leo avait beau n'avoir fait que poser les yeux sur la photo, l'image s'était imprimée dans sa mémoire de manière indélébile. Et il y avait pire, elle lui évoquerait à jamais Helena.

Tonnerre de sort !

La dernière chose qu'il voulait, ou dont il avait besoin, était bien de penser à elle en corrélation avec l'image de ces lèvres refermées autour d'une partie turgide de l'anatomie masculine. Bon sang, ce cliché était si vivant que, face à lui, on se sentait plus dans la peau d'un participant que d'un spectateur !

Un coup d'œil rapide aux autres œuvres exposées dans la pièce confirma ses craintes. Toutes étaient plus crues les unes que les autres. Une succession de tous les actes sexuels imaginables aux détails terriblement précis. Si cela se trouvait, la salle suivante présentait des installations échangistes !

— Je ne te savais pas si prude.

— Je ne le suis pas dans l'intimité de ma chambre, lui assura-t-il.

Leo regretta sur-le-champ d'avoir évoqué ce qui se passait dans son lit en sentant l'air s'épaissir soudain entre eux. Les lèvres d'Helena tressaillirent. Ces lèvres qu'il avait caressées du pouce à l'église. Ces mêmes lèvres qu'il associait désormais au sujet de l'immense photographie derrière eux. Il eut l'impression d'avoir enflammé le dernier rempart de sa retenue avec cette pensée.

Helena mit alors fin à ce moment délicat en marchant à pas lents vers les différentes œuvres. Parmi les images en noir et blanc et les tenues aux mêmes teintes traditionnelles des invités, elle se distinguait tel un éclat de jade. Leo la suivit de photo en photo. Chacune lui ramenant à l'esprit ses fantasmes sur la femme qui le précédait, les intensifiant, le rendant conscient d'être dangereusement proche d'une limite à ne pas franchir.

— Tu as l'air d'être en colère après moi, dit-elle en s'adressant à son reflet sur la vitrine qui entourait une sculpture de membres enlacés en marbre.

— Comment veux-tu que je te regarde ?

Sa repartie, sortie avant qu'il n'ait eu le temps de réfléchir, plana entre eux quelques secondes, équivoque, et provoqua un trouble palpable. Le désir rôdait...

Helena resta muette. Son pouls faisant battre une veine de son cou et ses doigts tremblant légèrement autour du pied de sa flûte à champagne poussèrent Leo au-delà de son habituelle légendaire maîtrise de lui-même.

Il se pencha alors pour murmurer tout contre son oreille :

— Comme ton tout nouveau jeune mari ? Comme si j'avais envie de faire toutes ces choses avec toi ?

Pour toute réponse, elle lui lança un regard choqué. C'était certes un avertissement, mais cela lui donna aussi envie de pousser son avantage. Il s'en garda toutefois et, lorsqu'elle fit un pas de côté, échappant à la chaleur de son corps, il la laissa s'éloigner.

Il y avait trop en jeu pour s'amuser à ce petit jeu. Ce n'était d'ailleurs pas son style. Leo attribua son accès d'audace aux réactions primaires de son corps. Le fait qu'Helena se soit transformée d'une adolescente maigrichonne en une femme incroyablement belle jouait aussi un grand rôle. Elle poursuivit alors la visite, et il resta à une distance aussi respectable que possible d'elle.

Comme elle s'arrêtait devant une fenêtre et observait la superbe vue nocturne, il demanda :

— On peut partir, maintenant ?

— Il est encore un peu tôt, répondit-elle sans le regarder.

Leo apprécia qu'elle ait le bon sens de maintenir une barrière entre eux, car lui avait une fâcheuse tendance à l'oublier en sa présence. Il but une gorgée de champagne, tout en cherchant un sujet de conversation non équivoque.

— Qu'est-ce qu'Incendia ?

Il s'attendait à une vague réponse au sujet de son travail, mais obtint un haussement d'épaules. Connaissant Helena, ce mouvement évasif était un signal d'alerte.

Il sortit donc son téléphone de sa poche.

— Que fais-tu ? demanda-t-elle, délaissant la vue pour ramener son attention sur lui.

— Je cherche Incendia, je me renseigne.

Elle écarta le téléphone si vite que Leo n'eut pas le temps de réagir. Il remarqua toutefois le rose monté à ses joues, un signe évident de colère dans ce cas, certainement pas de trouble.

— Que veux-tu savoir ?

— Ce que tu essaies de me cacher, répondit-il en rangeant le mobile dans sa poche.

Helena n'avait jamais été douée pour les mensonges. À la réflexion, même l'idée qu'elle épouse Leander pour accéder à l'argent de son héritage était si bizarre qu'il avait du mal à croire à cette seule raison.

— Je n'essaie pas de te cacher quoi que ce soit. Je suis P-DG d'Incendia et...

— Bon sang, Helena. Ne me dis pas que tu veux l'aider avec ton propre argent, l'interrompit-il en portant sa main à son front.

La crainte qui transparut dans son regard tandis qu'elle jetait des coups d'œil à l'entour pour s'assurer que personne ne l'avait entendu et lui attrapait le bras pour l'entraîner dans un couloir le rendit furieux. Le peu de paix qui s'était instauré entre eux disparut. Leo se dégagea d'un geste sec. Ce que faisait Helena était imprudent, dangereux même, et pas seulement pour cette entreprise mais pour elle aussi.

— N'as-tu rien appris du comportement de ta mère ? demanda-t-il vivement.

— Maman a commis une erreur. Après des années à écouter papa parler affaires, elle aurait dû être plus avisée. Mais tu l'as sévèrement punie pour cela.

— Elle n'a pas simplement commis une erreur, Helena. Elle est allée expressément à l'encontre de ma volonté et de celle de l'ensemble du conseil d'administration. Elle a engagé un partenaire – un concurrent acharné de celui que nous avions déjà – pour avoir l'impression d'être une femme d'affaires. Résultat, elle a failli mettre Liassidis Shipping en faillite.

Helena tressaillit.

— Comment ça, reprit-il, tu l'ignorais ?

— J'en sais assez. J'étais présente quand tu t'es énervé après elle, quand tu l'as traitée d'idiote, d'inconsciente et de danger ambulant. Elle était éplorée en cette période de deuil, Leo, et tu l'as coupée du travail et des personnes qu'elle connaissait.

— Tu lui cherches encore des excuses, je vois, rétorqua-t-il, se demandant si elle continuerait longtemps d'espérer ce que sa mère ne pourrait jamais lui donner.

Helena le foudroya du regard. La peine, la colère et le sentiment de confusion qu'elle avait ressentis à cette époque lorsque sa vie avait été mise sens dessus dessous réapparurent brusquement. Elle avait perdu son père, sa mère avait commis une terrible erreur, et Leo les avait poussées toutes deux hors de sa vie et de celle de sa famille comme si elles étaient des pestiférées.

— C'est ma mère.

— Mais comment peux-tu envisager de faire une bêtise similaire. Les entreprises coulent, ça arrive.

— Incendia ne coule pas. Il y a eu un vol interne. L'organisation doit juste survivre jusqu'au bilan financier de fin d'année.

Leo secoua la tête, lui décocha le même regard déçu, presque méprisant, qu'elle se souvenait lui avoir vu adresser à sa mère.

— Tu ne peux pas prendre un tel risque avec ton propre argent, insista-t-il.

— Ah bon, et pourquoi ? Tu l'as bien fait, *toi*.

— C'était *mon* entreprise, Helena. Dans ton cas, ce n'est qu'un travail. Un poste de P-DG, certes, mais seulement un travail.

— Même si ce n'était que ça, pourquoi as-tu pu te permettre de prendre un tel risque, et moi, je ne le pourrais pas ?

Sa question à peine posée, la réponse lui sauta aux yeux. La réponse qu'elle craignait le plus.

— Parce que tu penses que je vais échouer, c'est ça ?

De toute évidence, à en juger par son regard, elle avait vu juste. Le cœur serré, elle ajouta :

— Merci pour ta confiance en moi, Leo.

Passant devant lui, Helena quitta la galerie. À l'extérieur, la fraîcheur nocturne la fit frissonner. Tout en envoyant un message au chauffeur, elle se dit qu'il avait tort. Son plan porterait ses fruits, Incendia éviterait la faillite, et il devrait reconnaître son erreur de jugement. Le tout était de s'en tenir à sa décision. Tout irait bien, elle le savait.

À cet instant, son mobile vibra. Le message de Kate la soulagea d'un côté, mais l'énerva de l'autre. Elle s'en voulut aussitôt de cette réaction. Sa meilleure amie avait parcouru la moitié du monde pour l'aider, Leander devait avoir eu une raison sérieuse pour filer en dernière minute, et tout ce à quoi elle pensait était ses propres soucis. Quelle ingrate. Et égoïste de surcroît !

Leo la rejoignit au moment même où la voiture s'arrêtait devant la galerie.

— Kate a trouvé Leander.

— Formidable. Avec un peu de chance, elle va le ramener avant qu'il ne soit trop tard.

Hélas, Helena craignait que ce ne soit déjà trop tard.

5

Qui diable donnait la soirée de lancement d'un night-club un mercredi soir ? se demanda Leo tout en passant en revue le contenu de la garde-robe.

Sur chaque tenue, un papier épinglé indiquait la date de l'événement auquel elle devait être portée. L'assistante de Leander était une véritable perle. Lui n'aurait jamais demandé à la sienne de faire pareille chose.

Ceci à peine pensé, il entendit la réplique d'Helena s'il avait prononcé cette réflexion à voix haute : *Tu n'aurais pas eu besoin de le faire car tu ne sors jamais.*

Mais il n'avait pas à se soucier d'elle. Deux jours s'étaient écoulés depuis le vernissage à la galerie. Et avant cela, deux depuis le mariage. À ce rythme, il pourrait l'éviter deux jours encore dès le lendemain.

Cette fois, c'est la voix de son frère qui s'éleva dans sa tête : *Cela vaut mieux, sinon tu serais capable de lui dire encore un truc affreux et de la contrarier davantage.*

Savoir qu'il avait eu raison sur toute la ligne le soir du vernissage n'avait pas apaisé sa conscience. Au contraire, elle s'était fait entendre de plus en plus fort au fil des heures.

Leo avait trouvé des affaires d'Helena parsemées dans la villa. Un foulard oublié sur la table du jardin, une paire de lunettes de soleil sur un lit de plage, un livre ouvert dont il avait feuilleté quelques pages par curiosité. Chaque objet lui avait rappelé la fille qu'il avait jadis connue.

Au moins, leur dispute avait éteint ses ardeurs de ce soir-là. Il n'avait toutefois pas oublié à quel point il avait été près de franchir la ligne invisible entre eux avec son allusion à ce qu'il pourrait avoir envie de faire avec elle. Tout en trouvant la tenue préparée par l'assistante de Leander, Leo se rassura : cette folie momentanée lui était passée. Un costume en lin couleur sable foncé à porter avec une chemise dont l'ocre tirait sur l'orange. Une ceinture à cheval sur l'épaule du costume et une paire de lunettes de soleil plantée dans la poche poitrine complétaient l'ensemble. Voilà qui était bien trop décontracté à son goût.

« Fais-toi passer pour moi. »

Ben voyons, il ne manquait plus que ce déguisement, songea Leo en attrapant les vêtements qui devaient le transformer en Leander.

Tout en boutonnant la chemise, il se demanda pourquoi il était devenu soudain si sensible à la présence d'Helena. Probablement parce qu'il n'avait pas eu de maîtresse depuis un certain temps.

À vrai dire, son expérience avec Mina lui avait servi de leçon. Après elle, décidé à ne plus jamais se mettre en position de vulnérabilité, Leo avait limité ses relations aux femmes acceptant pour tout engagement quelques nuits de plaisirs partagés. En dépit de sa réaction initiale dans la galerie, il n'était pas prude. Au contraire, il appréciait grandement une partenaire audacieuse. En revanche, il n'exhibait pas ses bonnes fortunes dans la presse à l'instar de son frère.

Après un dernier coup d'œil au miroir, il rejoignit le salon, où il trouva Helena en train de regarder sa montre.

— Ainsi, Leander le Séducteur voulait t'emmener au lancement d'un night-club pendant votre lune de miel, déclara-t-il dans l'espoir de détendre l'atmosphère entre eux.

De soulager sa conscience, aussi.

— Travi, le propriétaire du club, est un associé d'affaires.

— Un de tes associés ?

— Non, un de ceux de Leander, rétorqua-t-elle avec dédain comme pour lui reprocher d'en savoir si peu sur la vie de son frère.

Quelle impudence ! Comme si c'était *lui* qui avait provoqué leur brouille.

— Je croyais Leander dans le développement d'applications web.

— C'est le cas. Travi a aussi des intérêts dans ce domaine.

Alors qu'ils se dirigeaient vers l'hélicoptère qui devait les emmener à Athènes pour la soirée, il admira la robe d'Helena. Parsemée de paillettes jaunes, orange et roses, elle scintillait sous la lumière de début de soirée. Et elle était courte. Très courte. À l'inverse du fourreau long porté à la galerie, elle dévoilait une bonne partie de ses cuisses fuselées.

Il serra les dents et s'efforça de détacher ses yeux de ses jambes.

— Donc tu connais bien Travi ?

— Assez bien, mais pas autant que Leander. Tu vas devoir faire particulièrement attention ce soir.

Leo acquiesça de la tête, certain toutefois que l'ourlet de cette petite robe risquait de monopoliser son attention.

— Je suis surpris que tu saches tant de choses à propos de mon frère.

— Et moi que tu en saches si peu.

Sa repartie le frappa en plein cœur. Il n'en montra rien, se contentant de la suivre à l'intérieur de l'hélicoptère, et d'écouter les consignes de sécurité et le numéro du canal à utiliser s'ils voulaient discuter en privé, s'efforçant de garder le regard fixé droit devant lui pour éviter qu'il ne dérive sur le décolleté plongeant d'Helena.

— Tu vois régulièrement mon frère ? demanda-t-il dès que l'appareil eut décollé, peu certain toutefois de vouloir trop en savoir.

Le visage d'Helena s'illumina.

— Nous trouvons le temps de fêter toutes les étapes importantes de nos vies. Comme je ne peux plus me rendre aussi souvent en Grèce, c'est lui qui vient à Londres.

Elle le regarda avant de détourner les yeux pour ajouter :

— Il était là quand j'ai eu besoin de lui.

Un brusque accès de jalousie fondit sur Leo. Non seulement son frère avait été là pour elle et jamais pour lui, mais en plus c'était vers lui qu'Helena se tournait dans le temps, et pas vers Leander. Malgré cela, l'entendre parler de celui qu'il avait banni de son existence éveilla sa curiosité.

— Est-il heureux ?

Elle sourit et ramena son regard sur lui.

— Oui. J'ai cependant parfois l'impression que quelque chose lui manque dans sa vie.

— Quoi ? ne put s'empêcher de demander Leo.

— Toi.

Il ne trouva rien à répondre à cela.

Helena ressentit une gêne inhabituelle dès son entrée dans le night-club branché de Travi Samaras. Tous les gens s'étaient tournés vers eux, mais elle ne se fit aucune illusion sur la personne qui attirait leur attention. Il s'agissait du dieu grec adoré des mortels debout à ses côtés.

Elle en aurait ri si cela avait été Leander. En revanche, être témoin de l'effet que Leo faisait aux femmes, et de celui qu'il lui faisait sans même le chercher, la mettait mal à l'aise.

— Que t'arrive-t-il ? demanda-t-il, soudain penché près de son oreille et jouant de nouveau le mari aimant. Tu es nerveuse ?

Qu'il ait remarqué son malaise l'intrigua.

— Non, simplement curieuse de savoir comment diable tu vas réussir à prétendre être ton fêtard de frère.

Il prit un air indigné pour répondre :

— Tu crois que je ne sais pas m'amuser ?

— Je crois que tu ne saurais pas reconnaître un bon moment s'il te tombait dessus.

Sur ce, Helena se dirigea vers le bar. Leo marcha à ses côtés au milieu de la marée humaine qui s'écartait devant lui comme s'il était Moïse.

— Faux, je sais.

— Tu *savais*, rétorqua-t-elle, amusée de son insistance.

— Qu'est-ce que c'est censé vouloir dire ?

Elle haussa les épaules, captant délibérément le regard du barman plutôt que de lever les yeux vers Leo dont la légendaire concentration était désormais focalisée sur elle.

— Tu savais t'amuser, autrefois. Maintenant, plus franchement.

Souriant alors au barman, elle commanda une bouteille de champagne et précisa :

— Mettez-la sur le compte de Leander Liassidis.

Du coin de l'œil, Helena vit Leo marquer un mouvement de surprise si bref qu'elle seule le perçut. Dans la seconde suivante, il déclara :

— Mettez-en une autre au frais pour tout à l'heure.

— Seulement deux bouteilles ? demanda-t-elle une fois installée à une table haute en bordure de la piste de danse pendant qu'un serveur leur apportait un seau à glace et des flûtes.

— J'en commanderai une de vodka après.

Un sourire lui monta spontanément aux lèvres, bien malgré elle. Le moindre rappel du garçon de son enfance lui réchauffait le cœur. À l'époque, il était drôle, irrévérencieux. Plus terre à terre que Leander, certes, mais tellement moins sérieux et morose que le Leo adulte.

Elle s'apprêtait à répondre lorsque, voyant Travi se diriger vers eux, elle chuchota précipitamment :

— Tu vois l'homme en costume blanc et chemise sombre ? C'est Travi. Tu le connais depuis trois ans. À l'époque, il cherchait un investisseur pour une application développée par un de ses jeunes techniciens. Tu as accepté et essayé de lui piquer le gars, mais il lui a fait une meilleure offre. Tu plaisantes régulièrement à ce sujet en disant : « Au moins, le gamin est enfin payé à sa juste valeur. »

Leo sembla surpris et impressionné. À ce moment, Travi arriva à leur table.

— Alors, incorrigible séducteur, tu as fini par sauter le pas et te ranger avec cette déesse qui vaut plus que ton poids en or ! s'exclama-t-il en attrapant les épaules de Leo pour lui donner une vigoureuse étreinte.

Helena pressa une main contre sa bouche afin de dissimuler son rire face à la mine stupéfaite de Leo. Celui-ci, finissant par réaliser qu'il était censé être Leander, lui retourna son étreinte avec une intensité digne de son frère.

— Allons, mon vieux, je sais parfaitement ce qu'elle vaut. Elle est tout pour moi.

Même si cette réflexion était un mensonge au bénéfice du Grec, Helena retint son souffle. Être tout pour quelqu'un était son souhait le plus cher. Elle se hâta d'étouffer ce début de faiblesse.

— Mais si tu l'appelles de nouveau « déesse », tu auras affaire à moi, acheva Leo d'un ton menaçant très inhabituel chez lui.

Travi rit avant de se tourner vers elle.

— Helena, *angeli mou*, lumière de ma vie, pourquoi diable l'as-tu choisi, lui ? Je t'aurais épousée en un clin d'œil, tu le sais bien.

— Travi, répondit-elle en lui prenant le visage entre les mains. Je t'adore, mais il a un compte en banque bien plus fourni que le tien.

— Ah, les femmes..., soupira-t-il avant de lever un doigt en guise de menace : Vous avez intérêt à être le dernier couple debout sur la piste. Et dès que vous avez fini cette bouteille, faites-moi le plaisir d'aller dans la partie VIP, vous y serez plus tranquilles qu'ici.

Après son départ, de nombreux amis de Leander vinrent les saluer. Leo semblait si décontracté et imitait si bien son frère qu'Helena faillit oublier qu'il jouait un rôle. Lorsque les discussions portèrent sur les affaires, elle réalisa que, étant donné son travail, il en avait déjà rencontré certains et leur prodiguait des conseils avisés.

Face à sa confiance en lui et son aisance, elle avait du mal à reconnaître l'homme guindé à qui arracher un sourire relevait de l'exploit.

Elle se demandait comment il pouvait changer de comportement avec un tel naturel, lorsque quelqu'un lui tapa sur l'épaule. Le temps de se retourner, Helena se trouva dans les bras de Serene, une amie de Leander et Travi avec qui elle avait passé plusieurs soirées lors de ses séjours professionnels à Londres.

— Tu as réussi à apprivoiser ce diable d'homme, dit la jeune femme en désignant Leo du menton. Je n'aurais jamais imaginé qu'il se range un jour.

Se sentant un peu coupable vis-à-vis de lui d'avoir trouvé une amie, Helena donna une flûte de champagne à Serene avant de répondre :

— Moi non plus.

— Alors, raconte. C'est comment la vie conjugale ? A priori, je n'imagine rien de pire.

Les amis de Leander assis à leur table s'indignèrent, mais Serene poursuivit gaiement :

— Vas-y. Qu'est-ce qui est le mieux ?

— Eh bien, je ne sais pas trop..., atermoya-t-elle avant de se décider à jouer la carte de l'humour. L'haleine matinale, peut-être ?

— Ramasser le linge sale d'un autre, proposa un ami de Leander.

Serene grimaça.

— Beurk.

— Passer son temps à baisser la lunette des toilettes, déclara une femme.

— Non, ça ne va pas. Si vous ne répondez pas sérieusement, je vais poser la question à l'autre principal intéressé.

Attrapant alors le bras de Leo, Serene demanda :

— Qu'est-ce qui est si formidable dans le fait d'être marié, Leander ?

Leo regarda les visages pleins d'expectation dirigés vers lui. Certes, tous avaient plaisanté sur le sujet, mais lui ne voulait pas le tourner en dérision. Le mariage avait un caractère sacré. Il y avait cru, autrefois, l'avait voulu, espéré, et presque obtenu. Voyant alors le sourire d'Helena vaciller sur ses lèvres, il lui en adressa un, complice quoique forcé.

— Le mieux à mes yeux est de pouvoir danser avec ma femme chaque fois que j'en ai envie.

Lui tendant alors la main, il l'entraîna sur la piste sous les acclamations enthousiastes des amis de Leander.

Prétendre être son frère au cours des deux dernières heures l'avait épuisé. Pendant la réception de mariage, réalisa-t-il, ses interactions avec les invités s'étaient résumées à recevoir des félicitations. À la galerie, passé les paroles échangées sur le tapis rouge, ils n'avaient discuté avec personne.

Ce soir, en revanche, c'était différent. Les amis de Leander étaient aimables et décontractés, à l'aise avec lui. Ils lui plaisaient, et en parlant affaires avec eux, il se sentait en terrain connu. Leur loyauté envers son frère, bien mal placée selon lui, le surprenait. Voir Leander à travers les yeux des autres était une expérience intéressante, mais découvrir l'opinion des gens sur lui-même fut une révélation.

Un homme qui ne daignait pas honorer son frère de sa présence à son mariage.

Un homme guindé, taciturne et incapable de prendre sur bon temps.

En vérité, Leo ne se souvenait pas de quand datait sa dernière sortie dans un club ou avec ses propres amis, et c'était pour cela que, pris du besoin de s'éloigner de ceux de Leander, il avait saisi l'occasion d'inviter Helena à danser.

Mais, le temps qu'ils atteignent la piste, la musique jusque-là endiablée ralentit et les lumières se tamisèrent.

Helena leva vers lui un regard incertain. Elle le regardait comme s'il était Leo Liassidis, non son frère. Un regard qu'il ne voulait pas que les autres voient. Il la précéda alors plus avant au milieu des danseurs, où leur anonymat serait un peu plus préservé, où ils pourraient être plus naturels, prêt à lui expliquer la raison de son invitation. Mais, lorsqu'il se tourna vers elle, il réalisa son erreur.

Se balançant au rythme de la musique, auréolée d'une lumière au bleu doux, les yeux fermés en une extase très personnelle, elle releva ses cheveux sur son cou. Dans ce mouvement, l'ourlet de sa robe remonta sur ses cuisses. Une vision bien plus érotique que toutes les œuvres que Leo avait vues dans la galerie.

Le désir fondit sur lui, intense, le faisant frissonner, lui bloquant le souffle.

Elle ne cherchait pas à attirer l'attention ou à séduire quiconque, il le sut d'emblée. Ce n'était pas son genre, elle était simplement absorbée par son propre plaisir, profitait du moment.

Puis elle ouvrit les yeux, croisa son regard. Leo sentit son pouls se mettre à tambouriner dans ses tempes. Une jeune femme bouscula alors le dos d'Helena. Il n'eut que le temps de tendre les bras tandis qu'elle était projetée contre son torse.

Dans la seconde suivante, une de ses mains se pressait au niveau de son cœur et l'autre agrippait le revers de sa veste de costume. L'air désertant ses poumons, d'instinct il la serra plus fermement. Ils s'immobilisèrent, puis elle leva lentement la tête et le regarda. Il n'y avait plus rien d'incertain dans ses yeux au bleu azur.

Le cœur battant, il y lut le désir.

Quelqu'un le bouscula alors. Ce moment d'intimité inattendue prit fin aussi soudainement qu'il était arrivé. Helena se dégagea de ses bras avec un petit rire. Elle riait peut-être de lui. Quoi qu'il en soit, ce qui était passé entre eux avait disparu.

Leo ne sut décider si c'était un bien ou un mal.

Saisie d'un besoin d'espace et de temps afin d'assimiler ce qui venait d'arriver, ou plus exactement ce qu'elle aurait voulu voir arriver, Helena quitta la piste sans regarder si Leo la suivait. Tapotant ses joues échauffées de ses paumes, elle se dirigeait vers leur table lorsqu'une main sur son épaule la retint.

Le visage impassible comme si rien ne s'était passé entre eux, Leo lui dit :

— Allons plutôt dans la section VIP. Travi nous l'a demandé.

Elle hocha la tête à contrecœur, n'ayant qu'une seule envie : rentrer. Pas à la villa, non. Dans son foyer, en Angleterre. Même s'il n'était plus le refuge qu'il avait été depuis le vol de Gregory et avec le départ prochain de Kate en perspective.

Un employé détacha le cordon torsadé rouge barrant l'accès

de l'endroit privilégié. Ils venaient à peine de prendre place sur un canapé de velours lorsqu'un serveur leur apporta une bouteille de champagne dans un seau à glace, et deux flûtes.

— Avec les félicitations de M. Samanas pour votre récent mariage.

L'homme parti, voyant Leo soupirer, l'air déçu, elle demanda :

— Qu'est-ce qui ne va pas ?

— Je voulais offrir une tournée générale, histoire de plomber la facture de Leander.

— Il l'aurait bien mérité, répondit-elle en souriant.

— Portons un toast.

— À quoi ?

Il la regarda un instant, avec un peu trop d'intensité à son goût.

— Aux nouveaux départs.

Helena fit tinter sa flûte contre celle de Leo.

Un nouveau départ… Qu'entendait-il par là ? Même s'il aurait mieux valu ne pas savoir, sa curiosité fut la plus forte.

— Comment imagines-tu un nouveau départ ?

Leo, qui portait son verre à ses lèvres, les yeux dans les siens, suspendit son geste. En même temps, son regard se fixa au-dessus de l'épaule d'Helena et il lâcha un juron.

Elle tourna la tête juste à temps pour voir une jeune femme foncer droit sur eux. En un éclair, la panique lui fondit dessus. Son cœur se mit à battre à tout rompre dans sa poitrine. Elle eut peine à en croire ses yeux. De tous les gens qu'ils connaissaient, tomber sur cette peste spécialiste des scènes était le comble de la malchance. Ils allaient être percés à jour !

Sa voix haut perchée lui fit serrer les dents.

— Ainsi, le légendaire séducteur a fini par se ranger.

— Mina, laissa tomber Leo. Que fais-tu ici ?

— Voyons, Leander, tu n'es pas le seul à fréquenter ces

milieux. Cela dit, pourquoi diable as-tu choisi de l'épouser *elle* alors que tu as toujours eu toutes les filles à tes pieds !

Stupéfaite que Mina confonde les deux frères, Helena n'en fut pas moins vexée qu'elle l'ignore avec une telle ostentation.

— Je suis présente, je te signale, Mina.

— Je t'ai vue, je ne suis pas aveugle. Mais je ne comprends toujours pas. Tu avais un béguin de gamine pour Leo, tout le monde le savait.

Humiliée de s'entendre rappeler cela, devant Leo de surcroît, elle répondit aussi calmement que possible :

— C'était il y a très longtemps. Les choses changent.

Leo se raidit. Dire qu'il avait voulu épouser Mina, fonder une famille avec elle ! À l'époque, il la trouvait amusante, mais c'était loin d'être le cas, désormais. Et en plus elle était incapable de le différencier de son frère, c'était consternant.

Sa jalousie était aussi évidente que pénible. Mais cela n'était pas nouveau. La scène qu'elle lui avait faite lors du dernier Noël passé avec les Hadden lui revint à l'esprit, il avait été si affreusement gêné. Il s'en était ensuite voulu de ne pas avoir mis un terme clair et net à la conversation d'entrée.

En la revoyant à présent, il se demanda comment il avait pu passer trois ans de sa vie avec cette fille.

— Les choses ne changent pas tant que ça, Lena, répondit-elle avec une agressivité palpable.

Furieux de l'entendre utiliser ce diminutif que lui seul utilisait dans le temps avec Helena, Leo rétorqua vivement :

— Ne l'appelle pas comme ça.

Sans se démonter, la jeune femme poursuivit :

— Bref, faute de pouvoir mettre le grappin sur Leo, tu t'es rabattue sur l'autre jumeau Liassidis.

Leo éclata d'un rire tonitruant, accentuant sa personnification de Leander :

— « L'autre », franchement ! Ce n'est guère flatteur.

— Flatteur ou pas, c'est ainsi. Quel que soit votre petit jeu, je le découvrirai.

Lui demander de baisser le ton était inutile. À en juger par sa voix pâteuse, elle était ivre. Il ne pouvait toutefois pas la laisser penser cela, ou pire aller le raconter à d'autres.

— Il n'y a rien à découvrir, Mina. Tu as devant toi la femme à qui j'ai juré de l'aimer pendant le reste de ma vie. Et c'est exactement ce que je ferai.

Saisissant alors la main d'Helena, il la fit asseoir à califourchon sur ses genoux. Un éclair de surprise lui traversa les yeux, puis elle sembla comprendre le but de la manœuvre. Il haussa un rapide sourcil interrogatif. Si elle ne voulait pas jouer le jeu, il arrêterait là et quitterait le club.

Comme elle acquiesçait d'un battement de cils, Leo lui pressa une main au creux des reins avant d'incliner lentement la tête. Il vit ses lèvres se serrer. De toute évidence, elle cherchait à maîtriser sa réaction face à lui, mais lui ne maîtrisait plus la sienne face à elle.

Il lui laissa toutefois le temps de l'arrêter. Elle n'en fit rien.

Sa bouche à quelques millimètres de celle d'Helena, Leo avait complètement oublié la présence de Mina. Il n'entendait même plus les bruits du club tant son cœur tonitruait dans son torse.

Se mentir, justifier ce baiser par le besoin de prétendre être un Leander marié et amoureux était inutile. Il la désirait intensément.

Leurs lèvres s'effleurèrent. Les yeux d'Helena s'écarquillèrent, elle retint son souffle. Au lieu d'en rester là, il prit possession de sa bouche tout en douceur.

Soudain enivré, il lui pressa une main sur la joue et

approfondit son baiser. S'agrippant aux revers de sa veste, elle y répondit avec ardeur.

De ce moment, la passion explosa en lui.

Leo ne sut combien de temps ils s'embrassèrent ainsi, mais ce fut son brûlant désir d'aller plus loin qui le ramena à la réalité, à la raison.

6

Le cœur d'Helena battait à tout rompre. Lorsque les lèvres de Leo avaient effleuré les siennes, elle avait retenu son souffle, n'osant espérer que ce dont elle avait toujours rêvé était sur le point de se produire.

Or c'était arrivé.

Et ce n'était pas Leo prétendant être Leander qui l'avait embrassée, mais bien lui-même.

Un long baiser passionné qui avait allumé un brasier en elle. Et sentir l'évidence de son désir tout contre son intimité lui avait donné envie de plus.

Aussi, lorsqu'il s'arrêta, leurs yeux brûlant du même feu, elle réalisa avoir tout oublié de l'endroit où ils se trouvaient.

La voix de Mina le lui rappela très vite.

— Je vous en prie, un peu de pudeur.

Helena sentit ses joues s'enflammer. Pour ne rien arranger, de petits rires s'élevèrent, venant des autres occupants de la section VIP.

— Fais attention, Mina, l'avertit Leo, ta jalousie est flagrante.

Son ex-fiancée leur lança un regard chargé de mépris.

— Moi, jalouse d'elle ? Tu plaisantes, j'espère. Une gamine qui vous suivait, toi et ton frère, comme un toutou dans l'espoir de grappiller le moindre signe d'attention.

Sa réflexion ramena Helena des années en arrière quand,

debout devant la chambre de Leo, elle avait surpris la conversation qui avait brisé son cœur d'adolescente.

— Ça suffit, Mina.

Le ton de Leo lui donna la chair de poule, mais le mal était fait. Ses souvenirs avaient anéanti son désir. Une sourde douleur le remplaçait dans sa poitrine. C'était le dernier Noël passé dans l'île des Liassidis avec ses parents avant que tout change. Avant que Leo ne se mette à la traiter comme une étrangère. Avant que lui et Leander ne se fâchent. Avant que son père ne meure et que sa mère ne gâche à jamais les relations amicales entre les deux familles.

Tout cela avait suivi cette conversation entendue par hasard qui avait douloureusement renforcé ses insécurités déjà présentes.

« Elle n'est qu'une enfant. Elle n'est rien pour moi. »

Helena serra les lèvres pour empêcher sa bouche de trembler tandis que la voix de sa mère retentissait dans sa mémoire.

« As-tu vraiment besoin de t'habiller comme ça ? »

« Pourquoi veux-tu toujours plus ? »

« Tu devrais être capable de te débrouiller seule. Je ne peux pas toujours tout faire pour toi. »

Soudain frissonnante et gelée, elle descendit des genoux de Leo et vit alors le regard de Mina braqué sur elle, si noir de jalousie que c'en était douloureux.

De toute évidence, l'ex-fiancée de Leo avait ses propres démons, mais cela ne la concernait pas. En revanche, Helena tenait à lui faire savoir qu'elle avait surpris leur conversation. Et, dans le fond, peut-être une petite part d'elle avait envie que Leo le sache aussi.

— Vois-tu, Mina, il s'avère que quelqu'un a fini par bien « m'éduquer », parce que, même si je ne suis « que la fille de l'associé de Giorgos », je suis *celle* qui porte l'alliance d'un fils Liassidis.

Les yeux de Mina lancèrent des éclairs. Parfait, elle savait à présent. Helena leur avait porté un coup bas, mais c'était sa manière de venger un peu sa douleur d'adolescente.

Leo aussi avait compris le message, elle le vit au léger tressaillement de son visage. Cela ne l'empêcha toutefois pas de poursuivre sur sa lancée :

— C'est vraiment mesquin de s'en prendre à une enfant de quinze ans. Le comportement de Leo n'a pas été brillant non plus ce jour-là. Si mes souvenirs sont exacts, tu l'as quitté peu après car tu pensais qu'il risquait de perdre Liassidis Shipping. Tu as douté de ses capacités de leadership. Cette rupture n'avait donc rien à voir avec moi.

— Rien à voir avec toi ? Toi et ta mère…

— Arrête, la coupa Leo avant qu'elle ne crée plus de dégâts. Mon frère savait quel genre de femme tu étais, Mina. Il ne s'en rendait peut-être pas compte à l'époque, mais ton départ lui a ouvert les yeux.

Il se leva alors, tendit la main à Helena, qui la prit, et tous deux partirent sous le regard médusé de Mina.

Une fois dehors, alors que, encore sous le coup de l'émotion, ils attendaient le chauffeur, elle tenta une amorce de discussion :

— À propos de…

— L'endroit est mal choisi, l'interrompit-il. Nous parlerons de cela plus tard.

Il ne dit plus un mot, ni dans la voiture, ni dans l'hélicoptère.

Leo entra dans la villa à grands pas, pris d'une subite envie de claquer des portes et frapper les murs. Il avait réagi de la même manière lorsque Leander avait annoncé renoncer à leur avenir ensemble dans l'entreprise. Cette trahison douloureuse, dont il ne s'était jamais vraiment remis, déclenchait parfois encore en lui des accès de fureur.

De la même manière aussi lorsqu'il avait appris ce qu'avait manigancé Gwen Hadden.

À présent, il lui semblait que le sort s'acharnait sur lui comme s'il voulait le forcer à faire face à la situation.

Il traversa le salon, prit un verre sur l'étagère du bar et se servit un whisky. Mieux valait la brûlure de l'alcool au goût amer de la honte persistant dans sa bouche depuis qu'il avait entendu les paroles d'Helena et s'était souvenu du moment où il les avait prononcées.

Après avoir bu une gorgée, Leo se retourna. Comme il n'avait pas pris la peine d'allumer, seule la lumière des lampes à énergie solaire du jardin éclairait la pièce, faisant scintiller les paillettes de la robe d'Helena.

— Pourquoi ne m'as-tu pas dit que tu avais écouté ma conversation ? demanda-t-il.

Il vit une expression incrédule envahir ses traits. Elle eut alors un petit rire railleur.

— Qu'est-ce qui t'amuse ?

— Tu es en colère parce que je ne te l'avais pas dit ?

— Parfaitement, rétorqua-t-il tout en sachant que c'était faux.

Il était en colère parce qu'il avait mal géré la fameuse conversation. Il n'aurait jamais dû parler d'Helena en ces termes à Mina. Il n'aurait jamais dû laisser sa petite amie s'acharner sur elle. Mais être dans son tort n'allait pas avec l'image qu'il aimait avoir de lui-même, ce jour-là comme en ce qui concernait son frère – à savoir que toutes les mauvaises choses étaient la faute de Leander et que lui avait été l'innocente victime.

— Pourquoi aurais-je dû te dire que je vous avais surpris, toi et ton horrible petite amie, en train de me comparer à un chiot ?

Il eut l'impression d'avoir reçu une gifle en plein visage. Les joues d'Helena s'étaient colorées, et des larmes se mirent à briller dans ses yeux. Sa peine lui fit mal. Une douleur méritée qui amplifia sa honte.

— Je n'ai pas dit... Non, pas de la façon dont elle l'a raconté.

— Tu as la mémoire courte. « Elle nous suit, Leander et moi, comme un chiot. » Ce sont là tes propres mots, Leo.

— J'avais vingt et un ans, se défendit-il.

— Et moi quinze ! Je t'admirais.

— Je ne savais que faire de cette admiration ! Tu me regardais comme si j'étais un demi-dieu, et j'ignorais pourquoi.

Leo fut étonné de son propre aveu. C'était une époque sur laquelle il évitait de se pencher parce que Leander lui avait tourné le dos trois ans auparavant sans qu'il sache pour quelle raison. Mais c'était lui qu'Helena adorait, c'était évident. Cela le gênait, le troublait et en même temps lui plaisait. Il avait savouré ces moments, et s'autorisa enfin à s'en souvenir.

— Nos familles ne cessaient de plaisanter sur notre futur mariage. Qu'elles me taquinent à propos de ton béguin pour moi ne m'ennuyait pas. En revanche, ça énervait Mina. Aussi, lorsqu'elle m'a pris à partie, j'ai dû te tenir à distance.

— Alors, tu m'as traitée comme une étrangère pour mon propre bien, c'est ça ? En réalité, tu n'avais aucun sentiment pour moi. Tu crois que je ne m'en étais pas rendu compte ?

Leo se sentit mal à l'aise.

— Enfin, Lena, tu sortais à peine de l'enfance. Je n'ai jamais...

— Je sais ça ! s'emporta-t-elle. Je sais que Leander et toi me considériez comme une sœur. Et, oui, j'ai peut-être eu un stupide béguin...

Préférant ne pas en entendre plus à ce sujet, il l'interrompit :

— Tu nous voyais seulement deux mois par an.

— S'il te plaît, ne fais pas ça. Ne minimise pas l'importance de votre présence dans ma vie.

Ses paroles frappèrent Leo. Il se souvint de leurs étés ensemble au bord de la mer Égée, de leurs excursions, de leurs parties de pêche suivies de barbecues improvisés sur la plage avec leurs prises du jour. Des réminiscences soigneusement enfouies dans sa mémoire afin de ne pas se confronter au fait qu'il avait perdu deux personnes chères, Leander *et* Helena.

Puis il se rappela pourquoi son frère et lui l'emmenaient avec eux.

C'était parce que sa mère se souciait bien trop d'elle-même pour pouvoir s'occuper de sa fille, et son père était entièrement dévoué à ses affaires. Alors, oui, Leander et lui la distrayaient car, même si Michael tempérait la froideur de Gwen envers elle, son frère et lui la sentaient rejetée et voulaient la protéger.

Inconsciente du coup qu'elle venait de lui porter, Helena poursuivit :

— Perdre ton amitié m'a anéantie. D'un jour à l'autre, j'ai été dépossédée de ce que j'attendais pendant toute l'année dans mon fichu pensionnat. Et, crois-moi, Leo, je n'entretenais pas de stupides fantasmes de collégienne. Je rêvais simplement de revenir sur votre île, de nager, pêcher et manger autour d'un feu avec Leander et toi sur la plage. Mais, après votre dispute, tout cela a pris fin. La tension entre vous était omniprésente, alourdissait l'atmosphère dès que vous vous retrouviez dans la même pièce. En conséquence, j'ai perdu le refuge où j'oubliais que mes parents ne me traitaient pas comme les vôtres vous traitaient, qu'ils semblaient… seulement supporter ma présence.

Le cœur serré, Leo vit les yeux d'Helena briller de larmes retenues après cette confidence. Il s'était souvent demandé dans quelle mesure elle était consciente de la négligence désinvolte de ses parents. Il avait espéré que son frère et lui étaient parvenus à la compenser en partie, mais réalisait à présent que les conséquences de sa dispute avec Leander avaient dépassé le cadre de sa famille. Voir sa peine était douloureux, et savoir qu'ils en étaient en quelque sorte responsables l'était plus encore.

— Lena, je suis…

Elle l'arrêta d'une main levée tout en secouant la tête comme si elle essayait de surmonter la douleur née de sa confidence.

— Je n'aimais pas Mina, mais l'avoir à tes côtés t'a fait du bien après ta brouille avec Leander. Elle t'avait ramené le sourire. Tu semblais presque heureux de nouveau. Savoir cela me suffisait.

Bon sang ! Il pensait avoir mieux dissimulé sa terrible douleur d'avoir été coupé de celui qui était autrefois comme la moitié de lui. Ses parents ne parlaient jamais du fossé apparu entre leurs fils, pensant qu'il se comblerait avec le temps.

— Je n'avais pas l'intention d'écouter ta conversation avec Mina ce jour-là, reprit Helena. Cela s'est fait par hasard, la porte de ta chambre était entrouverte.

— Pourquoi venais-tu me voir ?

Elle se mordit la lèvre.

— Je voulais te donner ton cadeau de Noël.

Leo fronça les sourcils.

— Mais tu ne m'en as pas donné cette année-là.

Helena soupira, un sourire triste aux lèvres.

— Je n'avais plus franchement envie de te le donner après avoir surpris ta conversation avec Mina.

Il hocha lentement la tête.

— Bien sûr, ça se comprend. Qu'en as-tu fait ?

— Je l'ai mis dans notre cachette.

Leo se souvint alors du renfoncement derrière un tableau du palier où, dans leur enfance, Leander et lui, puis plus tard Helena et eux, dissimulaient de petits mots et autres bricoles. Il n'y avait plus pensé depuis une éternité. D'ailleurs, tous trois avaient cessé de l'utiliser bien avant ce Noël.

— Il doit encore y être, ajouta-t-elle en traversant le salon pour aller devant la baie vitrée.

Tout en regardant son dos tourné vers lui, Leo pensa à son visage radieux en recevant le pendentif pivoine qu'elle croyait, à l'époque et encore à présent, être un cadeau de Leander. Son cœur se serra, alors. Il ne l'avait plus vue aussi heureuse en sa présence depuis ce Noël.

— Je suis navré, dit-il. Mes paroles de ce jour sont inexcusables.

Le regard fixé sur les petits cercles de lumière dans l'obscurité, les bras serrés autour de sa taille, Helena retint ses larmes. Elle n'avait jamais parlé du manque d'intérêt de sa mère à son égard, encore moins de celui distant de son père – son héros malgré tout – à quiconque. Même pas à Kate, qui d'ailleurs l'avait compris sans avoir eu besoin d'explication. Mais, Leo était souvent avec eux, il l'avait remarqué.

L'avoir avoué à voix haute ne changeait rien. Elle continuait d'espérer voir un jour sa mère s'adoucir à son égard. Cela était arrivé, brièvement et du bout des lèvres, pendant la réception de mariage. À chaque soupçon de gentillesse, d'amour, de sa part, Helena désirait plus. Mais était-ce naïf de rêver d'une chose qui, peut-être, ne viendrait jamais ?

Les excuses de Leo pour son comportement lors de cet horrible Noël étaient venues, en revanche. Et l'avaient touchée. C'était positif, mais un problème aussi. En effet, lui permettre d'apaiser sa peine risquait de la rendre vulnérable, de l'empêcher de maîtriser ses sentiments envers lui. Qu'est-ce alors qui la retiendrait de...

Helena stoppa net ce train de pensées. Les émotions trop intenses de la soirée l'avaient suffisamment troublée. Voir Leo si décontracté en compagnie des amis de Leander, même si ce n'était que pour donner le change, danser avec lui, puis la rencontre avec Mina et enfin le baiser...

Un baiser pour convaincre Mina.

Mais il ne lui avait pas semblé être une comédie.

Elle s'était sentie désirée, voulue.

Un soupir lui échappa. Qu'allait-elle s'imaginer ? Il s'agissait d'un baiser en réponse à une discussion houleuse. Son passé avec Leo était trop lourd. Trop douloureux.

— Tu n'as pas à t'excuser, dit-elle alors avec calme. Tu avais une conversation privée avec ta petite amie. Je n'aurais pas dû l'entendre. Et tu n'y es pour rien si j'ai surestimé mon importance à tes yeux.

Car c'était probablement cela qui était arrivé, hélas. Or sa proximité imposée avec Leo devenant de plus en plus dangereuse, elle devait minimiser l'incident.

Dans la seconde suivante, il la saisit par les épaules pour la tourner face à lui.

— Tu n'as rien surestimé du tout. Tu étais terriblement importante à nos yeux.

À ceux de Leander, peut-être, mais pas aux siens visiblement, sinon pourquoi lui aurait-il été si facile de la rejeter ?

Helena n'osa cependant pas lui poser la question. D'une part, parce qu'elle n'était pas sûre de vouloir entendre la réponse. D'autre part, parce que cette même question s'était posée à elle tout au long de son enfance, mais au sujet de ses parents. Lorsque son père était trop pris par ses affaires pour venir assister à un de ses récitals de piano ou de danse classique. Lorsque sa mère y venait mais était plus absente que lui. Ou lorsque aucun d'eux ne se déplaçait. Chacune de leurs absences devenait à la fois plus douloureuse et plus facile à supporter. Puis Leo l'avait repoussée...

— Écoute, Helena...

— Ne t'en fais pas, Leo, l'interrompit-elle en baissant les yeux pour lui dissimuler son mensonge. Ce n'est pas grave. Ça fait partie du passé.

D'un doigt sous le menton, il lui releva la tête et planta son regard dans le sien.

— Passé ou pas, je t'ai blessée et j'en suis profondément désolé.

Sa sincérité la toucha, adoucit sa vieille blessure et raviva ses sentiments. Submergée d'émotion, elle se mordit la lèvre. Voyant alors son regard glisser sur sa bouche, leur baiser dans le night-club s'imposa à sa mémoire. Son cœur s'emballa aussitôt dans sa poitrine, ses joues s'enflammèrent. S'il ne pouvait deviner la première réaction, lui dissimuler la seconde était impossible.

Leur seul point de contact était son doigt sur son menton, pourtant Helena avait l'impression de sentir le corps entier de Leo. Comme lorsqu'il avait pris possession de sa bouche, l'avait fait se sentir si vivante. À cette évocation, une douce chaleur envahit son intimité, un désir brûlant lui coupa le souffle.

Voyant les yeux de Leo osciller entre les siens et ses lèvres, elle pressa ses mains autour de sa taille pour se retenir de le toucher. Peine perdue, penser à leur baiser avait fait naître dans son esprit une multitude d'images d'eux ensemble dans un lit, toutes plus érotiques les unes que les autres.

Et pour ne rien arranger, comme ces visions s'intensifiaient, un soupir s'échappa de ses lèvres qui s'entrouvrirent tandis qu'elle fermait les yeux.

Lorsqu'elle les rouvrit, Leo laissa retomber sa main et recula d'un pas.

Dire que ce songe lui avait paru réel au point de lui faire croire qu'il allait l'embrasser !

Mais à quoi donc pensait-elle ?

Elle était mariée ! Or, même si ce faux mariage avait pour seul but de lui permettre d'entrer en possession de son héritage, même si Leo avait ressenti ne serait-ce que le dixième de ce qu'elle éprouvait, le risque de voir leur supercherie découverte était trop grand pour se laisser gouverner par ses émotions.

Et, même si elle n'avait pas épousé Leander, il s'agissait de Leo.

L'homme pour qui Liassidis Shipping comptait plus que tout, y compris son frère. En aucun cas Leo ne mettrait en péril l'avenir de l'entreprise à laquelle il avait consacré sa vie, surtout pas avec elle. Car, n'avait-il pas accepté de se faire passer pour Leander uniquement afin d'obtenir ses actions ?

— Nous devons discuter de ce baiser, dit-il alors.

Au vu de son expression sombre, c'était le dernier sujet dont il avait envie de parler. De toute manière, toute interaction physique entre eux devait s'arrêter là, et il le savait.

— Il n'y a rien à en dire. Je vais donc aller me coucher maintenant. J'ai un rendez-vous en visioconférence demain matin.

La détermination d'Helena à tirer un trait sur cet épisode brûlant frustra Leo.

— Je tenais juste à te préciser : ça ne doit pas se reproduire.

— Je sais. Tu m'as embrassée parce que c'était le seul moyen de convaincre Mina et de nous protéger. Ne t'en fais pas, je ne l'ai pas interprété autrement. Donc, pas de souci, ça ne se reproduira plus.

Bien sûr, seulement Leo *voulait* recommencer, c'était bien là le problème. Il en avait besoin si fortement que ça le troublait. Jamais, ni avec Mina ni avec aucune autre femme, cela ne lui était arrivé. D'où le danger. Ce besoin devait être muselé, faute de quoi son entreprise serait en danger. Et celle d'Helena le serait aussi.

Il lui avait fallu des années pour rétablir la réputation de Liassidis Shipping une fois sa trahison envers un client devenue de notoriété publique. Des années à avoir un comportement irréprochable, à se consacrer à son travail au détriment de tout le reste.

Même si Leander et Helena se séparaient, elle serait toujours vue comme l'épouse de son frère, et une liaison entre eux serait perçue comme la pire des fautes. Alors peu importait ce que lui ou Helena voulaient.

L'obtenir était tout simplement impossible.

Pourtant, si l'occasion se présentait de nouveau, il l'embrasserait encore et avec la même passion. Cette certitude terrassa Leo. Il se ressaisit alors. Son extraordinaire maîtrise l'empêcherait cette fois de céder à un désir égoïste qui anéantirait le fragile équilibre établi entre Helena et lui dans la délicate situation où Leander les avait précipités.

— Bon, reprit-elle, un vaillant sourire à l'appui. Nous avons bu aux nouveaux départs ce soir, tu t'en souviens ? C'est ce que demain sera. Un nouveau départ.

Elle lui offrait de repartir à zéro, de laisser derrière eux le poids du passé ainsi que l'ivresse de leur récent baiser. Il aurait volontiers enfermé le passé aux oubliettes et exploré leur début d'intimité mais, pour obtenir ce que tous deux voulaient de l'avenir, un nouveau départ était indispensable.

Leo hocha donc la tête en silence, puis alla chercher son verre de whisky.

Entendant alors les pas d'Helena s'éloigner, il l'appela, désireux d'avoir sa réponse sur un point.

— Nous avons passé de bons moments ensemble par le passé, non ?

Elle le regarda, l'air pensif.

— Oui. Il y en a eu de bons.

— Que veux-tu dire ?

— Personne ne m'a fait rire comme Leander l'a fait.

Elle marqua alors une pause. Leo attendit, sachant qu'elle n'avait pas terminé, tout en se doutant qu'il n'aimerait pas la suite.

— Et personne ne m'a fait pleurer autant que tu l'as fait.

Sur ce coup final et dévastateur porté à son cœur, elle quitta la pièce.

7

Concentre-toi, s'intima Helena tout en appliquant un anti-cernes sous ses yeux afin de dissimuler les marques d'une nuit trop courte Voilà qui était déjà mieux. Une touche de blush sur ses joues puis une légère couche de rouge à lèvres redonnèrent alors un peu de couleur à son visage, dont le teint était terne après des heures passées à se tourner et se retourner dans son lit.

Le sommeil avait fini par venir, mais les paroles de Leo – « J'avais vingt et un ans... », « Je suis profondément désolé... » – s'étaient superposées en fond sonore aux images d'un rêve si torride qu'elle s'était réveillée en nage, épuisée et déprimée, car toute relation entre eux sonnerait le glas de leurs avenirs respectifs.

« Ça ne doit pas se reproduire... »

De toute manière, il n'y avait plus aucune chance que cela arrive, étant donné la teneur du message de Kate arrivé au petit matin :

Leander a promis de rentrer en Grèce dimanche.

Il avait fallu un moment à Helena pour réaliser que ce qu'elle éprouvait n'était pas du soulagement, mais un sentiment de perte. Toutefois, Leander étant la solution à son problème, elle avait répondu à Kate avec une série d'émoticônes significatives à la fois d'espoir et de remerciements.

L'alarme de son téléphone l'avertissant qu'il lui restait dix minutes avant son appel, elle partit installer son ordinateur à l'ombre de l'auvent du pavillon de la piscine car, à cette heure, Leo devait avoir terminé sa séance de natation matinale.

Une fois assise, Helena parcourut le dossier sur Jong Da-Eun, l'actrice germano-coréenne qui avait récemment gagné un public international grâce à un rôle dans une superproduction hollywoodienne. Mais au-delà de sa célébrité, la jeune femme avait un historique de partenariats caritatifs prouvant qu'elle était plus que capable d'être une ambassadrice de marque pour Incendia.

Helena avait rencontré Jong Da-Eun environ un an auparavant. Après avoir découvert que toutes deux avaient perdu des membres de leur famille d'une manière qui avait changé leur vie de façon irrévocable, une solide amitié s'était tissée entre elles. Désormais, si tout se passait bien, leur relation évoluerait du plan personnel vers le plan professionnel.

Helena ferma les yeux et inspira l'air marin, prenant le temps d'apprécier le moment. Elle aimait cette partie de son travail - trouver les ambassadrices dont l'aura et le dévouement seraient positifs à la fois pour l'organisation caritative et les gens concernés. Elle *devait* croire en la bonne continuation d'Incendia et en sa propre réussite dans sa mission.

La sonnerie de l'appel vidéo interrompit ses pensées. Elle se redressa sur sa chaise, puis appuya sur l'icône pour accepter la communication.

— Helena, c'est tellement agréable de te voir !

— De même, Da-Eun. *Kamsahamnida*.

Son interlocutrice rit.

— Ton accent s'améliore.

— Je me suis entraînée, répliqua Helena en souriant.

— Eh bien, bravo. Mais parlons plutôt de ta lune de miel. Si j'en juge par ce que je vois derrière toi, vous êtes dans un endroit fantastique.

— Oui, on est dans le Magne, une péninsule au sud du Péloponnèse, dans une villa tout simplement superbe.

Elles bavardèrent quelques instants de leurs vies respectives. Helena demanda à Da-Eun des nouvelles de sa dernière série dramatique et de l'acteur qui tenait le rôle principal. Elle répondit ensuite à ses questions au sujet du mariage, puis d'Incendia. Rester évasive lui fut difficile, mais c'était impératif dans la mesure où, si l'organisation ne survivait pas, son éventuel partenariat avec Da-Eun n'aurait pas lieu.

Helena avait le cœur serré. Elle voulait désespérément sauver Incendia. Après avoir travaillé d'arrache-pied pendant ses études, et après avoir développé et affiné ses compétences, elle voulait être considérée comme une femme d'affaires sérieuse et efficace, à l'instar de son père. Il avait été un titan dans son secteur. Son tandem avec Giorgos Liassidis était redoutable. Être digne de cet héritage lui tenait à cœur.

Elle était douée dans son travail. Toutefois, depuis le vol de Gregory, une question la taraudait. Faire franchir le bilan financier de fin d'année à Incendia suffirait-il à combler ses attentes ? Avoir un travail valorisant était important, mais elle voulait aussi une vie sentimentale épanouie. Elle voulait l'amour.

Se concentrant sur le présent, Helena déclara :

— Bref, pour toutes ces raisons, ce rôle d'ambassadrice serait parfait pour toi, à mon avis.

Da-Eun sourit.

— Je le pense aussi.

— Attends... Quoi ? bégaya-t-elle, en proie à une subite exaltation. Tu acceptes, c'est ça ?

— Tu es incroyable, tu sais. Tu passes du mode sérieux

professionnel à un état de surexcitation en l'espace d'une seconde.

— Je t'en prie, pardonne-moi.

— Tu n'as pas à t'excuser. J'aime ton enthousiasme. Non seulement tu crois en cette cause, mais en plus tu as eu une expérience personnelle de la façon dont cette organisation aide les gens. Je préfère cela aux interlocuteurs impassibles et prêts à tout pour récolter de l'argent que j'ai trop souvent eu l'occasion de rencontrer.

Helena se sentit pâlir. N'était-elle pas en train de tout faire pour mettre la main sur son héritage ?

Non, c'était différent. Son but était de renflouer les caisses d'Incendia, pas de mettre cet argent dans sa poche. Même si sa manière d'agir n'était pas orthodoxe, l'urgence de la situation la justifiait.

Ces parts lui revenaient. Cet argent lui appartenait. Contourner la clause stupide du testament de son père était le seul moyen de sauver l'organisation en laquelle elle croyait.

Rassérénée, Helena termina la conversation sur la promesse de faire parvenir le contrat à Da-Eun et d'organiser les rendez-vous nécessaires dès la fin de sa lune de miel.

Elle avait réussi à obtenir la première ambassadrice de marque internationale d'Incendia !

Du détour de l'allée où il s'était immobilisé, Leo observa Helena. Elle maîtrisait sa discussion professionnelle à la perfection. Cela lui rappela aussitôt un déjeuner d'affaires auquel il avait assisté et où leurs deux pères avaient conclu un marché.

Leur foi en leurs compétences et en leur entreprise les dotait d'une force tranquille. La même dont faisait preuve Helena avec, en plus chez elle, une passion quasi palpable dans sa sincérité. Son interlocutrice en était consciente, tout comme lui, et venait d'ailleurs de le lui faire remarquer. Cela frappa Leo.

Qu'avait donc Incendia de si spécial pour susciter en elle une passion apte à la précipiter dans un mariage avec Leander dans le seul but d'avoir accès à ses actions pour combler un trou financier ?

Il la regarda terminer sa conversation. Le soleil jouait sur ses cheveux. Son chemisier révélait la peau lisse de son cou et la naissance de sa poitrine, à laquelle il ne cessait de songer depuis qu'il avait entrevu l'ardeur dont Helena était capable en embrassant. Ce souvenir l'avait tourmenté toute la nuit, peuplant son sommeil de rêves érotiques. Au réveil, son corps brûlait d'un désir qui, il le craignait, ne disparaîtrait pas avant la fin de leur séjour ensemble.

Leo s'apprêtait à tourner les talons et à repartir discrètement, lorsque Helena se leva. Il réalisa alors qu'elle ne portait pas de bas. Son chemisier était en fait une chemise ample s'arrêtant à mi-cuisses et dévoilant ses jambes fuselées. Cela suffit à le clouer sur place, et une multitude de visions de lui avec elle dans l'intimité se présentèrent à son esprit. Ciel, songea-t-il, passer les jours suivants en étroite proximité avec cette femme qui ne cessait d'éveiller ses fantasmes risquait de lui faire perdre complètement la tête !

À cet instant, un « Oui ! » sonore lui fit relever les yeux. Helena sautait sur place comme si elle venait de remporter une immense victoire.

— Oui, oui, oui ! s'écria-t-elle de nouveau avant de saisir son mobile.

Il se demanda quand il avait réagi de telle manière après l'obtention d'un marché.

Jamais, constata-t-il, stupéfait.

Le coup d'éclat de Gwen, survenu trop tôt après son accession à la tête de Liassidis Shipping, avait sérieusement ébranlé sa confiance et sa faculté à se réjouir. De plus, il n'était pas du genre à extérioriser sa joie.

Il entendit alors Helena crier :

— On a réussi, Megan ! Jong Da-Eun a accepté d'être notre ambassadrice de marque.

Même de là où il se trouvait, la réponse de la jeune femme lui parvint. Helena et elle riaient de bon cœur. Leur enthousiasme exubérant le fit sourire.

Elles bavardèrent ensuite des détails du contrat, puis la voix d'Helena se fit grave pour demander :

— A-t-on des nouvelles du CPS ?

Leo fronça les sourcils en reconnaissant l'acronyme du Crown Prosecution Service britannique, le Service des poursuites de la Couronne. Les paroles d'Helena lors de leur soirée dans la galerie d'art lui revinrent à l'esprit : « Incendia ne coule pas. Il y a eu un vol interne. »

— D'accord… Non, c'est bon. Sur un autre plan, relance le Dr Matheson pour sa proposition de recherche. Ensuite, nous pourrons commencer les plans de collecte de fonds.

La curiosité de Leo fut de nouveau éveillée.

Que diable faisait Incendia ? Il allait vraiment devoir se renseigner.

À cet instant précis, Helena tourna la tête et le vit, debout au détour de l'allée.

— Merci, Megan. Je dois te quitter, maintenant. Passe une très belle journée.

Comme elle reposait son téléphone, Leo fut tenté de retourner dans la villa, puis changea d'avis. Aussi gênant qu'il soit d'avoir été surpris en train d'écouter la conversation, mieux valait l'assumer. Il la rejoignit donc.

— Des félicitations sont de rigueur, ai-je cru comprendre.

Elle hocha la tête et, aussitôt, un sourire étira ses lèvres sensuelles. De toute évidence, il lui était impossible de dissimuler sa joie.

— En effet. Je viens de recruter ma première ambassadrice de marque, et elle va être géniale.

— J'en suis heureux pour toi. Et si nous fêtions ça ?

Face à sa surprise, il se hâta d'ajouter :

— À moins que tu préfères attendre Leander.

— Oui, on pourrait fêter l'événement. À propos de ton frère, j'ai reçu un message de Kate, il rentre dimanche.

Leo la regarda, stupéfait.

— *Ce* dimanche ?

— Oui, pourquoi ? Ça te pose un problème ?

— Non, j'espère que Kate le lui a fait écrire noir sur blanc, répondit-il avant d'ajouter d'un ton amer : J'en ai assez de toute cette affaire.

— Tu n'es pas le seul.

Conscient de l'avoir blessée en la voyant passer, menton relevé devant lui, il lui prit le bras.

— Attends.

Devant son regard sur sa main, sourcils haussés, il la lâcha. Son geste avait été instinctif. Toutefois, en sentant un frisson le parcourir, Leo sut que cela avait été une erreur. Son précédent commentaire sarcastique aussi, d'ailleurs.

— Je suis désolé… Je n'aurais pas dû… En fait, j'essaie vraiment… Je ne suis pas habitué à jouer un rôle, à me faire dicter mon comportement. En temps ordinaire, les gens font ce que je leur dis.

Et ne te tiennent pas tête, compléta Helena en son for intérieur, car Leo ne semblait avoir que des discussions d'affaires. L'entendre avouer son désarroi lui serra le cœur. Et elle commença à saisir combien être coupé de son frère lui était difficile. Avoir accepté de remplacer Leander au pied levé en était la preuve. Cela avait dû le changer, puisque ses derniers propos ressemblaient plus à ceux de l'ancien Leo qu'à l'homme distant de la réception de mariage.

— Leander revient dimanche, reprit-il d'une voix assurée cette fois, or nous sommes jeudi. À mon avis, nous devrions fêter sans attendre l'obtention de ton contrat.

Qu'il fasse cet effort pour elle toucha Helena. C'était si bon d'apercevoir en lui celui qu'il pouvait être lorsqu'il n'était pas furieux ou enfermé dans le passé. L'envie la saisit alors de le faire devenir cet homme.

— Eh bien…, dit-elle d'une voix hésitante. J'ai vu que Leander avait fait apporter sa décapotable préférée ici. Elle est dans le garage. Ce serait presque un crime de ne pas la faire rouler par une si belle journée.

Une étincelle éclaira les yeux de Leo. Elle n'en avait pas vu de telle en eux depuis des années.

— Quelle bonne idée, Helena !

Aussitôt dit, aussitôt fait. Une heure plus tard, ils roulaient sur une route côtière. Leo manœuvrait si habilement le petit bolide et avec un plaisir si évident qu'Helena sourit.

Entre le vent qui leur fouettait le visage et le bruit du moteur, il était impossible de discuter, mais elle était heureuse d'être avec lui au cœur de la nature sublime de cette péninsule. Elle ne l'avait pas vu aussi décontracté depuis son retour aussi soudain qu'inattendu dans sa vie.

Avec ses lunettes de soleil, en pantalon beige et chemise blanche aux manches roulées sur ses avant-bras bronzés, il avait tout d'un milliardaire grec puissant qui avait le monde à ses pieds. Un petit sourire fleurit alors sur ses lèvres.

— Qu'y a-t-il ? ne put s'empêcher de demander Helena.

Du menton, il lui indiqua un petit village de pêcheurs en contrebas de la route.

— As-tu faim ?

Quelle question ! Oui, elle avait faim. Mais pas seulement de nourriture.

Quelques minutes plus tard, ils s'assirent, protégés de la chaleur intense du soleil sous un store à rayures bleues et blanches. Leur table était l'une des six de la petite terrasse du restaurant, probablement le seul de ce village, comme accroché au flanc de la colline.

— Es-tu sûre que cet endroit si simple te convient pour fêter ton succès ?

— Absolument. Dans un grand restaurant, nous serions la cible des journalistes. Cela pourrait me donner des envies de meurtre.

— Si tu veux trucider mon frère, je t'aiderai volontiers.

Leo faisant rarement preuve d'humour en parlant de Leander, sa repartie étonna Helena. Elle se garda de le relever, espérant qu'il allait poursuivre, car aider à rapprocher les jumeaux lui plairait beaucoup.

Le serveur leur apporta alors leur plat de poisson accompagné d'une salade, de houmous et de pain pita.

— À ta nouvelle ambassadrice de marque, déclara Leo en levant son verre.

Helena trinqua avec lui avant de prendre une gorgée du vin blanc frais.

— Si je peux me permettre, reprit-il alors, que va-t-elle représenter exactement ?

— Incendia est une œuvre de bienfaisance médicale.

— Oui, et consacrée à ?

— Aux problèmes cardiaques essentiellement. Nous sommes les seuls à soutenir les familles de personnes atteintes du...

— Syndrome de Brugada, termina Leo à sa place.

Helena le regarda, surprise et touchée qu'il sache de quoi son père était mort, car ils ne se voyaient déjà plus à l'époque.

Leo eut soudain la chair de poule. C'était ce dont Michael Hadden était décédé une nuit pendant son sommeil. Cette maladie génétique passait souvent inaperçue, mais entraînait des troubles du rythme cardiaque qui pouvaient s'avérer mortels s'ils n'étaient pas diagnostiqués. Sa conscience le tortura.

— J'ignorais quelle cause vous souteniez, avoua-t-il. Si je l'avais su, je ne t'aurais pas fait une offre aussi basse pour tes actions. Bon sang, Helena, je suis désolé.

— Ne t'en veux pas. J'ai fait un choix éclairé ce jour-là, je savais ce que je faisais.

— Toi peut-être, mais pas moi.

Helena eut un petit rire cynique.

— Que ça te plaise ou non, je suis devenue une femme d'affaires. Changer d'avis parce que tu as pitié de moi serait ne pas reconnaître mes qualités professionnelles. C'est condescendant le jour où nous sommes censés fêter mon succès.

Leo secouait la tête en signe de dénégation lorsqu'il comprit pleinement ce qu'elle disait.

— Ce n'était pas mon intention.

— C'est pourtant ce que tu allais faire.

— Notre accord n'est pas avantageux pour toi.

— Alors, peut-être qu'à l'avenir tu réfléchiras à deux fois avant de proposer un marché.

Sur cette pique, elle se renfonça dans son siège, visiblement consciente d'avoir marqué un point.

L'idée d'obtenir toutes les actions de Liassidis Shipping avait tellement obsédé Leo qu'il n'avait pas procédé aux recherches préliminaires minutieuses dont il était le spécialiste. Cette manière de procéder qui lui ressemblait si peu était due à l'effet que lui faisait Helena. Il n'aimait pas se comporter de manière aussi inhabituelle, mais cela ne lui plaisait pas non plus de voir la discorde s'installer entre eux. Surtout après avoir tant apprécié la paix dans leurs rapports. Ayant l'impression qu'elle aussi préférait cela à une nouvelle dispute, il demanda :

— Comment as-tu connu Incendia ?

— Après le décès de papa, maman était... Maman n'était pas très facile à vivre.

Helena n'avait jamais aimé parler de sa mère, comme si évoquer ses faiblesses de caractère la gênait. Cela devait la gêner doublement de le faire avec lui après la catastrophe qu'avait provoquée Gwen. Mais, le chagrin n'était pas une faiblesse. Les gens réagissaient différemment après un deuil.

— Au début, poursuivit Helena, elle a voulu poursuivre sa vie comme si papa était seulement parti en voyage, et a donc continué son travail dans les affaires. Elle a commis une erreur qui a coûté très cher à Liassidis Shipping, ça, je le savais. En revanche, j'ignorais qu'elle avait agi expressément contre ta volonté et celle du conseil d'administration. J'ai donc cru que tu l'avais exilée à la suite d'une simple...

— Erreur ? demanda Leo, en proie à un ressentiment encore latent mais aussi à une certaine compréhension.

Helena serra les lèvres tout en hochant la tête. Sa connaissance de la situation étant beaucoup plus claire à présent, elle réalisait combien il avait dû être horrible pour Leo de voir ses décisions remises en question, d'être défié publiquement.

— Mon père et moi n'aurions jamais dû laisser pareille chose se produire, dit-il alors.

— Personne ne s'attendait à la voir s'impliquer aussi pleinement dans le travail. Elle pensait, je crois, que se noyer dans l'activité lui éviterait d'avoir à gérer son chagrin d'avoir perdu son mari. Le problème était que...

— Si elle ne gérait pas son chagrin, elle ne pouvait gérer le tien, conclut Leo à sa place.

Helena acquiesça de la tête, trouvant à la fois réconfortant et inquiétant d'être comprise sans avoir à s'expliquer.

— Mon chagrin lui rappelait la mort de papa, et elle ne voulait pas l'accepter. En conséquence, notre relation déjà difficile en temps normal était tendue car je m'efforçais de protéger maman sans pouvoir lui parler de mes soucis puisqu'ils étaient liés au décès de papa. En plus de mon chagrin, j'avais une peur panique de dormir et de ne pas me réveiller. Par chance, lorsque je me suis confiée à une de mes enseignantes au pensionnat, elle m'a dirigée vers Incendia. Leur aide a été une bénédiction.

Ensuite, perdre tout contact avec les Liassidis lui avait causé un intense sentiment de solitude. À son retour en Angleterre après son fiasco en affaires, sa mère s'était séparée de tout ce qui lui rappelait son père. Elle avait vendu leur maison de Mayfair sans lui en parler, ce qui avait été un terrible choc.

Kate et Leander avaient soutenu Helena tout au long de ces épreuves, mais deux personnes lui manquaient affreusement. Son père et, force était de l'admettre, Leo.

— Dès que j'ai été suffisamment rétablie, j'ai fait du bénévolat auprès d'Incendia. Plus tard, savoir de première main à quel point leur action et le financement qu'ils avaient obtenu pour leurs recherches étaient importants – le genre de recherches dont la grande industrie pharmaceutique se désintéresse en raison de la faible rentabilité des traitements – a rendu mon travail chez eux encore plus capital.

Leo l'écoutait, impressionné par la force dont Helena avait dû faire preuve pour travailler dans cette organisation quand chaque jour devait lui rappeler la mort de son père.

— Donc, après le lycée, je suis allée étudier la gestion d'entreprise à Cambridge. Mes examens passés, j'ai travaillé comme consultante dans diverses start-up, et j'ai obtenu quelques distinctions.

Leo fut peiné de l'entendre préciser ce point comme si c'était quelque chose dont il fallait avoir honte plutôt que d'en être fier. Il maudit Gwen d'avoir appris à sa fille à ne pas trop espérer de la vie, d'avoir rongé sa confiance en elle-même.

— Lorsque Incendia m'a proposé le poste de P-DG, j'ai eu l'impression de voir un rêve se réaliser.

Les yeux brillants d'Helena témoignaient de sa joie, son visage rayonnant en était d'autant plus beau.

Sa conscience lui reprochant la part active qu'il avait prise dans l'éloignement forcé d'Helena d'avec la famille Liassidis, Leo sut qu'aucune excuse ne réparerait son comportement d'alors. Il éprouva cependant le besoin de se justifier.

— J'ignorais le manque d'empathie de Gwen à ton égard et combien cela avait rendu cette période encore plus douloureuse pour toi.

— Comment aurais-tu pu le savoir ? Tu étais bien trop occupé à sauver ton entreprise après sa bêtise.

— Même si ce n'est pas une excuse, j'ai effectivement vécu une phase très difficile. Papa venait de se retirer de la gestion quotidienne de Liassidis Shipping, et je travaillais d'arrache-pied.

Mina avait rompu leurs fiançailles, et il n'avait pas eu le temps de surmonter cela. Il passait plus de quinze heures par jour au bureau pour conserver les quelques clients restants. Il avait refusé l'aide de son père, car l'accepter aurait signifié admettre son échec, et ne s'était même pas permis de demander celle de son frère qui avait pratiquement disparu de sa vie.

— Je voulais faire mes preuves, reprit-il. Je n'aurais pas dû m'en prendre à Gwen. Malgré mes avertissements, elle me voyait comme un enfant arrivé à mon poste par favoritisme et pensait en savoir plus que moi.

— N'est-ce pas un peu la manière dont tu me vois ? demanda Helena d'un ton léger que démentait son regard sérieux.

Leo dut le reconnaître.

— Oui, un peu. Je persiste à penser que tu joues un jeu très dangereux en essayant de combler le déficit financier de ton organisation caritative avec tes propres deniers. Je comprends toutefois pourquoi tu le fais. Et, en définitive, c'est ton choix en tant que P-DG.

Comme elle hochait la tête, mais n'avait pas l'air convaincue, il demanda :

— Qu'y a-t-il ?

— Je… Et si…

Il attendit. Quelle que soit sa peur, elle était importante, et il ne pouvait pas la pousser à parler.

Helena baissa alors les yeux vers la table.

— Et si ce n'est pas suffisant ?

Son ton désespéré lui serra le cœur.

— Pas suffisant pour qui ?

— Pour le conseil d'administration. Pour ma mère.

Cette dernière phrase prononcée en un murmure brisa ce qui restait de son cœur au demeurant si froid.

— Ça doit être suffisant pour *toi*, Helena. Pas pour quelqu'un d'autre.

Leo le savait mieux que quiconque pour l'avoir appris à ses dépens.

8

Enveloppée dans une sortie-de-bain, les cheveux rassemblés en un chignon fait à la va-vite au sommet de la tête, Helena regardait d'un air las la robe qu'elle était censée porter au déjeuner qu'avait organisé Leander dans un restaurant branché qui se trouvait également appartenir à un client potentiel de son entreprise.

Cela ne l'avait pas dérangée qu'il utilise leur lune de miel pour démarcher de nouveaux clients, mais elle lui en voulait d'avoir disparu sans préavis et de l'avoir laissée dans cette situation délicate avec Leo.

Tout en lissant le tissu soyeux de la robe, Helena se demanda ce qui serait arrivé si Leander s'était trouvé devant l'autel à la place de son frère.

Tout aurait été plus simple, sans aucun doute. Ils auraient joué le couple amoureux, souriant et ravi. Recevoir son baiser lui aurait paru bizarre, certes, un peu ridicule même.

Mais c'était Leo qui l'avait embrassée…

À cette pensée, elle frissonna tandis que la peau de ses bras se couvrait de chair de poule.

Ça ne doit plus arriver.

Helena réprima la vague de désir qui ondulait dans son corps. Trois jours. Il lui fallait juste tenir trois jours de plus. Tant qu'ils se cantonnaient au programme établi, c'était faisable.

À l'initiative de Leo, ils avaient fêté la veille sa victoire d'avoir obtenu la participation de Jong Da-Eun, et le voir redevenir le jeune homme d'avant avec elle l'espace d'une journée avait été merveilleux. Sa réussite l'avait impressionné, elle s'en était rendu compte. Et cela représentait plus à ses yeux qu'il ne le saurait jamais C'est pourquoi elle lui avait confié sa peur secrète : Sauver Incendia suffirait-il à compenser les doutes du conseil d'administration à son égard et le rejet de sa mère ?

D'après Leo, cela devait *lui* suffire. Elle ne pouvait cependant s'empêcher de penser que rien de ce qu'elle faisait ne comblerait le vide créé par la perte de son père et l'indifférence de sa mère

Helena repoussa cette triste pensée. À quoi bon aspirer à ce qui ne se produirait jamais ?

Après avoir enfilé un pantalon ample avec un petit haut court, elle descendit prendre son petit déjeuner. Dans le salon, trouvant Leo une valise à roulettes à ses pieds, elle se figea. Ils s'étaient rapprochés la veille, ou du moins étaient arrivés à un certain point de compréhension, or, à présent, il s'en allait ?

— Que fais-tu avec cette valise ?

Il eut un drôle de petit sourire.

— Oh ! ça...

Helena s'efforça de dissimuler sa panique naissante.

— Écoute, si tu dois partir...

— Partir ? Pourquoi partirais-je ? demanda-t-il, l'air visiblement surpris.

— Tu as une valise à tes pieds, je te signale.

— Oui, je sais. Et alors ?

— Alors, pourquoi ?

Comme le même petit sourire étirait de nouveau les lèvres de Leo, alors que la situation n'avait absolument rien d'amusant, Helena fut prise d'une furieuse envie de le secouer.

— Nous partons en voyage.

— Quel voyage ? Nous devons déjeuner à Thentroliváno aujourd'hui.

— Leander avait envie de déjeuner là-bas, mais nous ? Pas franchement.

— Ah bon ? demanda Helena, sentant la bonne humeur de Leo la gagner.

— Non. Nous n'en avons pas envie.

— Tiens donc, répondit-elle en entrant dans son jeu. Et de quoi avons-nous envie aujourd'hui ?

— De partir faire une balade en bateau. Aussi, dépêche-toi d'aller faire ta valise.

Elle le regarda, stupéfaite.

— Que dois-je prévoir ?

— Le nécessaire pour nager, bronzer et passer une nuit à bord.

— Une n... nuit à b... bord ?

De stupeur, Helena avait bégayé pour la première fois de sa vie.

Leo fit mine de se frotter un œil, troublé par la réaction de son corps à sa question. Tonnerre de sort, il se comportait comme un adolescent !

— Oui, c'est ça. Donc, prends juste une tenue de rechange.

Comme Helena le regardait fixement, il craignit d'avoir commis une terrible erreur. Mais, à sa décharge, après avoir suivi à la lettre le programme établi par Leander, il n'avait nulle envie de continuer et d'ainsi gâcher leurs trois jours restants ensemble.

La journée précédente avait été une bouffée d'air frais pour lui. À sa grande surprise, il aspirait à d'autres du même style. Cela n'avait rien à voir avec son attirance physique grandissante pour elle puisqu'il avait réussi à contenir son désir interdit autant qu'il était humainement possible de le faire. Il voulait tout simplement discuter avec elle, l'entendre lui parler de sa vie. C'était peut-être masochiste mais, s'il ne pouvait avoir que ça, il y aspirait de tout son être.

— Pourquoi une balade en bateau ? demanda Helena.

— Parce que c'est la première chose que tu nous demandais quand tu arrivais sur l'île. Tu voulais naviguer et nager. Si on t'avait écoutée, on aurait passé notre vie en mer ou à la plage. Tu te souviens comment on t'appelait à l'époque à cause de ça ?

— Oui, *delphini*, pour dauphin.

— Exactement.

Il sourit malgré lui à ce souvenir. Helena en fit autant. Il aima cela. Il y avait beaucoup de choses qu'il n'était pas en mesure de lui offrir, mais quelques heures décontractées en mer, ça, il le pouvait.

— Allez, va faire ta valise. On part dans dix minutes.

Une pure joie illumina son visage, une joie presque enfantine qui le frappa. Dans la seconde suivante, elle tournait les talons et remontait en courant dans sa chambre. Cela laissa à Leo le temps de se ressaisir après l'effet que sa présence avait sur lui.

Soudain, avec une clarté surprenante, il réalisa dans quel genre d'enfer il s'était embarqué pour les prochaines vingt-quatre heures.

Une heure plus tard, le chauffeur les déposa à la grande marina où le yacht qu'il avait retenu la veille au soir les attendait. Ce yacht n'était pas à louer normalement, mais le propriétaire était un ami et Leo avait payé un prix exorbitant afin que le personnel de bord navigue toute la nuit pour le livrer à temps. Même après avoir vu des photos, il fut impressionné par sa longueur – trente-trois mètres – et son aspect luxueux.

Sur le quai, à côté de lui, Helena resta bouche bée.

— Une balade en bateau, m'as-tu dit ?

— Oui, pourquoi cette question ?

— Bon sang, Leo, ce n'est pas un simple petit bateau !

L'émerveillement perceptible dans sa voix le fit sourire. C'était exactement ce qu'il avait espéré lorsqu'il avait eu l'idée de cette escapade.

Comme dans un état second, Helena le suivit jusqu'à la passerelle, où le capitaine les attendait en compagnie des membres du personnel, un sourire aux lèvres.

— Bienvenue, monsieur et madame Liassidis, et félicitations pour votre mariage.

Leo avait, bien entendu, dit à son ami que la croisière était un cadeau de mariage pour Leander et son épouse. Il avait cependant réalisé le matin même seulement combien prétendre être son frère pendant tout ce temps dans ce lieu clos allait s'avérer être une épreuve.

L'hôtesse en chef leur offrit alors une flûte de champagne puis leur fit visiter le yacht pendant que leurs bagages étaient portés dans leur suite. Avec ses trois niveaux, il pouvait accueillir confortablement onze invités et les cinq employés à leur service pendant la croisière. Un espace repas se trouvait sur le pont supérieur, un jacuzzi sur le pont principal qui accueillait également les chambres, le pont inférieur étant réservé au personnel de bord.

L'enthousiasme d'Helena était beau à voir et contagieux. Dès qu'ils se retrouvèrent seuls sur le pont, elle s'accouda au bastingage pour regarder l'horizon à la sortie du port. Le vent fit voltiger quelques mèches échappées de ses cheveux relevés. Une brusque envie foudroya Leo : les voir détachés, passer les doigts dans leur masse puis les serrer dans son poing alors qu'il...

Bon sang !

Il allait devoir se contrôler davantage. Bien davantage.

— Combien de temps devons-nous rester à bord exactement ?

— Le retour à la marina est prévu demain après-midi. Mais si tu préfères rentrer plus tôt, ce n'est pas un problème.

— Oh ! non. Certainement pas.

Leo sourit. De toute évidence, Helena voulait prolonger ce moment autant que lui. L'étrange compréhension entre eux était toujours là, même s'ils avaient passé tant d'années loin l'un de l'autre, elle le savait tout comme lui.

Estimant judicieux de se séparer avant de se laisser aller à un geste compromettant, il s'excusa puis alla discuter avec le capitaine de l'organisation de la soirée.

Le regard perdu sur l'horizon où le bleu azuré de la mer se fondait avec celui légèrement plus sombre du ciel, Helena éprouva un profond sentiment de sérénité. Dans le fond, Leo et Leander avaient peut-être eu raison. Dans une vie antérieure, il n'était pas impossible qu'elle ait été un dauphin.

Un sourire lui monta aux lèvres. Face à cette supposition, la vétérinaire en Kate lui aurait certainement expliqué sur-le-champ le mode de vie, la personnalité et les coutumes de ces animaux, dont leur habitude de nager en groupe. Son amie aurait été dans son groupe, Leander également. Mais pourrait-il y avoir de la place pour Leo aussi ?

Elle soupira, puis respira profondément avec une facilité déconcertante. Cela ne lui était pas arrivé depuis des mois. Ici, sur la Méditerranée, malgré sa conscience aiguë de Leo, elle se sentait en sécurité. Pas de journalistes, pas de membres du conseil d'administration inquiets attendant, sans trop y croire, qu'elle trouve le moyen de sauver Incendia. Rien à prouver à quiconque. Son temps lui appartenait et était dépourvu de soucis. Helena n'avait pas pleinement réalisé à quel point ces derniers temps avaient été épuisants. Mais, avec cette journée en mer, comme pendant son enfance, Leo Liassidis lui avait offert un refuge.

Le soleil avait tourné et était à présent plus doux sur sa

peau, comme s'il avait su qu'elle avait besoin de réconfort plus que de férocité.

Soudain, elle entendit les pas de Leo approcher.

— Qu'est-ce qui te fait soupirer comme ça ? demanda-t-il.

Helena sourit, les yeux toujours rivés sur la mer.

— De réaliser à quel point j'avais besoin de tout ça, répondit-elle en accompagnant ses paroles d'un large geste.

Un petit mensonge quand c'était en fait de réaliser que *lui* avait deviné ce dont elle avait besoin. Elle ajouta alors :

— C'est si calme et silencieux.

— Pas vraiment comme lorsque Leander et moi t'emmenions en bateau.

— Non, carrément pas, répondit-elle en riant.

À l'époque, les jumeaux poussaient le moteur du hors-bord à fond, et leurs yeux reflétaient leur plaisir quand elle hurlait de joie en sentant le bateau bondir sur les vagues, l'air et les embruns lui fouetter le visage.

Et ses parents préféraient rester avec Giorgos et Cora plutôt que de passer du temps avec leur fille unique, même s'ils ne la voyaient pratiquement pas pendant l'année scolaire… Y penser la poussa à ajouter :

— Je n'aurais jamais vécu cela sans vous. C'est bizarre, je ne pense pas vous en avoir remerciés.

— Tu n'as pas à me remercier.

Helena tourna alors la tête pour regarder Leo accoudé au bastingage à côté d'elle, et son cœur manqua un battement. Il était tout simplement sublime avec sa mâchoire et le bas de ses joues recouverts d'une barbe rasée de près, sa chemise en lin crème dont les premiers boutons ouverts dévoilaient les poils fins sur son torse – des poils qu'il ne possédait pas jeune homme –, et ses lunettes de soleil. Ce Leo était encore plus viril à ses yeux. L'âge avait perfectionné ses traits – au demeurant déjà beaux. D'autant plus difficile alors d'ignorer l'effet qu'il avait sur elle...

— Quoi qu'il en soit, être ici est merveilleux, dit-elle avant de tourner la tête et de fermer les yeux. Je pense respirer pour la première fois librement depuis la découverte du vol de l'argent.

Le cœur de Leo se serra. Il comprenait à quel point sa situation était difficile. Non seulement parce que cette organisation caritative était importante à ses yeux, mais aussi car sa position de jeune femme d'affaires l'avait poussée à mettre son propre patrimoine en jeu afin de prouver sa valeur. Un pari dangereux sur le plan financier comme sur le plan émotionnel.

Contracter un emprunt aurait été plus logique. Mais peut-être le voyait-il ainsi dans son désir de supprimer le lien créé entre elle et son frère...

— Pourquoi avoir demandé à Leander de t'épouser ? Ne t'a-t-il pas offert de te prêter l'argent ?

— Si, bien sûr. Mais *j'ai* l'argent nécessaire. Il m'appartient. Enfin... pas encore.

Devant lui se tenait une jeune femme qui voulait régler le problème elle-même, sans compter sur quiconque. Une attitude apprise de l'absence de son père et de la négligence de sa mère. En fait... il agissait de même. Bizarrement, se découvrir ce trait commun avec Helena lui fit l'effet d'avoir reçu un coup en pleine poitrine. En plein cœur ?

— Quant à savoir pourquoi j'ai demandé ce service à Leander, reprit-elle, c'est tout simplement parce que j'ai confiance en lui.

La trahison de son frère éternellement présente à son esprit, Leo ne put retenir un ricanement.

— Tu fais confiance à Leander ?

— Bien sûr. Je savais pouvoir compter sur lui et sur sa discrétion.

— Eh bien, tu t'es fait des illusions, comme en témoigne le fait qu'il n'est pas là quand tu as besoin de lui.

— Non. Je le connais. Il a dû se passer quelque chose. Il a peut-être eu besoin d'espace ou… Bref, c'est sûrement extrêmement important.

Leo secoua la tête, un rictus amer aux lèvres.

— Leander est un égoïste de première. Il ne pense qu'à lui, qu'à son intérêt, n'a aucun scrupule et ne se soucie pas des autres.

— Ce n'est pas vrai, répondit Helena avec douceur. C'est simplement ce que tu veux voir en lui.

Son visage candide et son déni catégorique le terrassèrent.

Son ancienne colère se réveilla, vive, brûlante. Lors de leur sortie dans le night-club, voir son frère à travers les yeux des autres l'avait fait se radoucir envers lui. En revanche, entendre Helena dire qu'elle lui faisait confiance le révoltait.

Leander lui avait menti, l'avait laissé croire à ce dont il rêvait depuis toujours, à l'avenir professionnel commun qu'ils avaient si souvent envisagé, celui où leurs compétences se seraient équilibrées et complétées. Ils auraient fait une équipe imbattable, tous les deux.

Leo avait en plus cru à leur complicité. Oui, du temps où c'étaient eux contre le monde entier, il avait imaginé pouvoir toujours avoir confiance en son frère.

Et d'une seconde à l'autre, tout s'était écroulé.

« Je choisis l'argent », avait répondu Leander à leur père au moment de la décision.

L'argent était plus important aux yeux de son frère que *lui*.

Découvrir que tout ce qu'il avait cru de son jumeau était faux avait anéanti Leo. Sa seule façon de survivre avait été de bannir Leander de sa vie. De le renier afin de cautériser sa blessure.

Sur les ruines de ses plans pour Liassidis Shipping – la seule chose qu'il lui restait après la rupture avec Mina – il avait bâti sa propre vie, tracé son propre chemin. Puis il avait oublié le temps où il partageait tout avec son frère, et qu'il ne partageait plus rien avec personne.

— Leander a été capable de trahir son jumeau pour poursuivre ses caprices égoïstes, répondit-il vivement à Helena comme dans l'espoir de la convaincre et de se convaincre lui-même.

— Au cours des dix dernières années, Leander a pris le temps de venir fêter mes succès et compatir à mes défaites. Il était là pour m'emmener dîner, danser, ou marcher dans un parc parce qu'il savait que j'en avais besoin. Il m'a tant donné et, en retour, tout ce qu'il a reçu est un faux mariage.

Leo serra les dents face à son image idyllique de son frère, essaya de s'accrocher à sa colère plutôt qu'au fait que Leander avait essayé de le contacter, ou même aux souvenirs heureux avec lui. Mais déjà Helena continuait en baissant les yeux vers ses mains :

— Il a même été là lorsque j'essayais de l'éviter tant j'avais honte après les dégâts que ma mère avait causés à Liassidis Shipping.

— C'est parce qu'il n'avait pas eu à les réparer lui-même !

Comme Helena pâlissait, il regretta aussitôt sa repartie amère.

— C'est parce que notre amitié était importante à ses yeux. Alors, s'il te plaît, ne dénigre pas ma relation avec ton frère pour la simple raison que tu n'en as plus avec lui.

Blessé, Leo la contra :

— Il ne s'agit pas de ça.

— Je n'en crois rien. Je sais combien vous étiez proches tous les deux avant que votre père vous offre le choix entre l'entreprise familiale ou une somme d'argent. Ce genre de lien ne disparaît pas du jour au lendemain sans raison.

Eh bien, elle se trompait. Il admirait Helena pour avoir grandi au sein d'une famille distante et malgré tout continuer d'espérer trouver un lien familial. Mais lui ne le pouvait pas.

Dès la seconde où Leander avait choisi de s'en aller, Leo avait tiré un trait sur lui, n'avait plus voulu voir ou entendre parler de celui qui avait été une moitié de lui-même. Lors des rares retours de son frère chez ses parents, il n'avait bien sûr pas pu l'éviter. Puis, cinq ans auparavant, ces visites sporadiques avaient cessé et, de ce moment, il avait refusé tout contact.

C'était sa manière de fonctionner, ce qui marchait pour lui. Cette détermination lui avait permis de survivre.

Inconsciente de ses pensées, Helena poursuivit :

— Je sais aussi que Leander aurait été malheureux s'il avait travaillé avec toi chez Liassidis Shipping. Tu le sais aussi, j'en suis quasi certaine.

Tout en Leo refusait de croire cela.

— Ce que je sais est que mon frère a bien caché son jeu. Ce lâche m'a laissé croire à notre future association jusqu'au dernier moment, puis a pris l'argent et a fui.

— À ton avis, que serait-il arrivé s'il avait rejoint l'entreprise avec toi ? Tu aurais eu son aide et quelqu'un avec qui partager tes soucis et tes peurs ?

Oui, répondit-il mentalement.

Comme si elle avait lu cette pensée en lui, Helena hocha la tête avant de déclarer :

— Cela revient à compter sur Leander pour soutenir ton rêve. Or son devoir n'est pas de *te* faciliter la vie, mais de vivre *la sienne*, de trouver *son* bonheur.

Malgré son désir de s'insurger contre ces propos, Leo devait en admettre la justesse. Devait admettre aussi combien la question l'avait déstabilisé, avait révélé sa souffrance intérieure. Si fortement même que les mots tombèrent de sa bouche sans qu'il puisse les retenir.

— Il m'a abandonné.

— Je sais.

Dans la tristesse de son ton, il lut alors la douleur d'une fille qui avait perdu son père trop tôt et dont la mère avait à peine fait acte de présence pour elle.

— Il a choisi de me laisser tomber, insista Leo.

— C'est vrai. Il a choisi de faire cavalier seul, de se lancer dans l'inconnu et de se créer une vie à partir de rien... plutôt que de perdre son âme en travaillant dans une industrie qui ne lui convenait pas, pour une entreprise qui l'aurait ignoré à ton profit. Dans un cas semblable, qu'aurais-tu choisi ?

L'arrivée de l'hôtesse en chef dispensa Leo de répondre.

— Monsieur et madame Liassidis, si vous voulez bien me suivre, le dîner est servi sur le pont supérieur, d'où vous pourrez admirer le coucher du soleil.

Alors que tous deux emboîtaient le pas à la jeune femme, Helena, l'estomac noué, craignit de ne pouvoir faire honneur au repas. Elle sentait la présence de Leo dans son dos. La chaleur de son corps rayonnait dans le sien comme s'il l'avait touchée. Malgré leur difficile conversation précédente, il n'y avait aucune animosité entre eux. Pourtant, elle le devinait en proie à de sombres pensées.

Cela la peina. Les deux frères souffraient d'être séparés, c'était certain. Elle se promit alors de faire tout ce qui était en son pouvoir pour les rapprocher.

Lorsqu'ils furent arrivés sur le pont supérieur, elle vit le sol parsemé de pétales de fleur, tout comme la nappe d'une table – somptueusement dressée – avec en son centre un incroyable assortiment de spécialités méditerranéennes.

Distraitement, Helena fit coulisser le pendentif pivoine sur la chaîne autour de son cou. Elle réalisa alors en voyant les teintes blanches, violettes et roses qu'il ne s'agissait pas de pétales de rose. C'étaient ceux de pivoines. Ils avaient les couleurs particulières des pivoines grecques.

À cet instant, le capitaine arriva sur le pont.

— L'équipage et moi allons retourner sur le continent à présent. Appelez-moi lorsque vous souhaiterez rentrer.

Leo acquiesça de la tête. De toute évidence, il savait qu'il en serait ainsi.

Helena se sentit aussitôt sur le qui-vive, non pas par peur de Leo, mais à l'idée d'être seule avec lui quand il lui était déjà difficile de refréner son attirance pour lui lorsqu'ils étaient entourés d'autres personnes. Sentant visiblement son inquiétude, il lui posa une main sur l'épaule, comme pour l'ancrer sur place, la rassurer. Hélas, le contact de sa paume eut un tout autre effet. Elle dut forcer ses lèvres à sourire pour répondre :

— Merci beaucoup, capitaine. Je vous souhaite ainsi qu'à votre équipage une excellente soirée.

L'homme quitta alors le pont avec l'hôtesse. Une minute plus tard, ils les virent s'éloigner dans un petit bateau à moteur.

— J'ai pensé, dit alors Leo, que nous serions plus à l'aise seuls. Nous n'aurions pas à prétendre être mariés et je n'aurais plus à me faire passer pour mon frère.

Helena hocha pensivement la tête. Avec le départ de l'équipage, un bouclier disparaissait. La présence de ses membres l'avait protégée contre ses impulsions. Sans elle, il allait lui falloir faire preuve d'une volonté de fer pour ne pas laisser son désir pour Leo prendre le dessus.

Ramenant les yeux sur les pétales au sol, elle sentit son cœur se serrer.

Leo se souvenait que les pivoines étaient ses fleurs préférées.

Une boule lui obstrua soudain la gorge. Pourquoi donc avait-il fait ça ?

— Qu'est-ce qui ne va pas ? demanda-t-il.

Des larmes brûlèrent les yeux d'Helena. S'efforcer de placer Leo hors d'atteinte ne fonctionnait jamais. À chacune de ses tentatives, il lui opposait un acte qui la troublait. Il lui montrait que, derrière l'homme insensible froid et distant qu'il prétendait être, s'en cachait un autre. Un homme que le choix de son frère avait anéanti. Un homme qui, après tant d'années, se souvenait encore de ses fleurs préférées, et avait tenu à fêter l'obtention de son contrat avec Jong Da-Eun. La complexité de son caractère lui rendait impossible d'ignorer ses sentiments pour lui. Des sentiments qu'elle aurait dû nier. Or elle ne le pouvait pas. Ne le voulait pas.

Ne le voulait plus.

Comme ses doigts se portaient à son collier, elle vit le regard de Leo se fixer sur le pendentif, et murmura :

— Merci.

— Pour quoi ? demanda-t-il

Le voyant alors jeter un coup d'œil à la table, elle précisa :

— Pour ce collier.

Leurs regards se croisèrent alors.

— Tu as su toutes ces années qu'il venait de moi ?

Helena sourit.

— Leander m'a dit l'avoir choisi parce que c'était une jolie rose.

Une expression indignée se peignit sur les traits de Leo.

— Ce n'est pas une rose !

— Je sais. Tu es le seul à te souvenir que j'aime les pivoines.

— Pourquoi n'as-tu rien dit ?

— Au début, j'ai préféré me taire et de ne pas te causer d'ennuis avec Mina.

— Et après ?

Son ton hésitant lui laissa penser qu'il n'était pas certain de vouloir connaître sa réponse.

— Après, il m'était plus facile de prétendre que ce cadeau si important venait de Leander, parce qu'il t'était si aisé de m'exclure de ta vie.

Le cœur battant à tout rompre dans sa poitrine, Helena sut

le moment venu de se livrer totalement. De ne plus rien cacher, de ne plus protéger Leo ni se protéger. S'ils ne devaient rien avoir de plus de l'autre, elle voulait qu'il connaisse tout d'elle, même les parties les plus sombres.

Elle voulait qu'il la connaisse entièrement. Lui, et lui seul.

— Pourquoi as-tu porté ce collier au mariage sans même savoir que je serais présent ?

Helena baissa les yeux.

— Parce que je voulais quelque chose de toi ce jour-là.

Du bout d'un doigt, il lui releva le menton et, du regard, l'incita à préciser.

— Parce que..., dit-elle alors avant de rassembler tout son courage. Parce que ça a toujours été toi.

9

Leo se figea, sans trop savoir ce qui le stupéfiait le plus. Peut-être le fait qu'aucune autre femme ne l'avait regardé avec un aussi pur désir qu'Helena en cet instant. Même pas Mina.

Ou bien parce qu'elle avait gardé secrète l'origine de son cadeau de Noël pour le protéger en premier lieu, puis pour se protéger elle-même. Personne ne l'avait jamais protégé auparavant, ni son frère ni son ex-fiancée – qui en plus ne l'avait pas reconnu dans le night-club. Helena, en revanche, avait su d'emblée qui il était en le voyant devant l'autel. Comme toujours.

Enfin, elle avait prononcé cette phrase : « Ça a toujours été toi. »

Au fond, Leo le savait. Il l'avait senti, mais avait préféré l'ignorer par peur de la perdre. Or ses désirs étaient visibles dans ses yeux, et il avait envie de leur céder, à tous.

— Tu viens officiellement d'épouser mon frère, dit-il alors, s'accrochant désespérément à la derrière barrière entre eux.

La voyant hocher la tête, les yeux brillants de larmes retenues, il essaya de mentir, histoire surtout de se convaincre lui-même quand tout ce qu'il désirait était la prendre dans ses bras.

— Nous n'avons pas le droit de… Si cela s'apprenait, nos deux vies seraient anéanties.

Helena soupira faiblement, se mordit la lèvre et baissa les yeux vers le sol. Soudain, elle lui tourna le dos et fit un pas vers l'escalier. Conscient de sa douleur, Leo sentit son cœur se serrer au point de lui faire mal. En même temps, sa propre douleur annihilant toutes les objections de la raison, et terrifié à l'idée qu'elle puisse partir, il lui saisit le poignet et l'attira dans ses bras.

Au contact de sa poitrine pressée sur son torse, il retint son souffle. L'espace de quelques secondes, aucun d'eux ne bougea, puis elle se laissa aller contre lui. Leo eut l'impression de remporter une incroyable victoire.

Le menton posé sur les cheveux d'Helena, il frissonna en sentant ses lèvres si proches de son cou. Son cœur se mit alors à battre à tout rompre tandis que le désir le submergeait à la vitesse de l'éclair et avec une telle intensité qu'il dut combattre un besoin primaire de la serrer davantage contre lui, de la faire sienne sur-le-champ.

Comme elle reculait une épaule, Leo craignit qu'elle se sépare de lui, mais ce fut pour se lover plus intimement entre ses bras. Ensuite, elle pressa timidement ses lèvres dans son cou. Jamais un tel geste ne lui avait paru aussi pur et aussi touchant. Il aurait volontiers répondu avec passion à cette douce caresse, mais se retint. À la fois curieux de ce qu'elle avait l'intention de faire après et étrangement excité de la laisser prendre l'initiative, il attendit.

Levant alors une main, elle défit deux boutons de sa chemise avant de glisser les doigts à l'intérieur. En réponse, Leo lui saisit les hanches, et lorsqu'elle lui embrassa le torse, il dut faire appel à toute sa maîtrise pour ne pas lui donner un aperçu de ce que lui pouvait lui faire afin de lui faire ressentir les mêmes sensations. Le problème était que son exploration sensuelle de son corps le figeait sur place.

— Helena..., dit-il d'une voix soudain enrouée.

Il ne put finir sa phrase, mais fut conscient qu'il s'agissait d'une supplique, et qu'il prononcerait à jamais son prénom comme une supplique dans la mesure où il ne serait jamais autorisé à la vénérer ainsi qu'il le souhaitait.

Elle recula la tête sans lâcher sa chemise. Avec ses joues rosies, ses lèvres entrouvertes et ses yeux au bleu azur brillant d'un intense désir, elle était absolument irrésistible.

— Je t'en prie, Helena, dis-moi d'arrêter.

Ses sourcils se froncèrent, puis elle abaissa son regard, refusant de rencontrer le sien.

— Est-ce ce dont tu as envie ?

— Pas le moins du monde.

Un léger soupir s'échappa des lèvres d'Helena, lui caressant le torse, l'ensorcelant.

— Dans ce cas, je ne te demanderai pas d'arrêter. Fais ce que tu veux.

Son regard, à présent fixé sur lui, fit disparaître sa dernière volonté de maîtrise.

— Que veux-tu, toi ?

— Que tu me prennes, me possèdes et me fasses tienne afin qu'aucun autre homme ne le fasse.

Leo scruta son regard et son visage à la recherche d'un signe de peur ou d'insincérité, mais n'en vit trace. Helena disait ce qu'elle pensait, et il eut envie de le lui donner jusqu'à son dernier souffle.

— Tes désirs sont des ordres.

Il prit alors possession de sa bouche. Leurs langues entamèrent une danse érotique. Helena gémit. Un désir fulgurant submergea Leo. Dans un dernier sursaut de conscience, il détacha ses lèvres des siennes et lui prit le visage entre les mains.

Elle lui saisit alors à son tour les joues entre ses mains pour murmurer :

— Ne te retiens pas. Je t'en prie, ne te retiens pas.

Helena pouvait à peine respirer tant son pouls s'était emballé. Son corps était en feu jusqu'au plus profond de son intimité. Visiblement, celui de Leo aussi à en juger par son regard brûlant.

Lui lâchant le visage, il porta ses mains sur ses jambes, agrippa la soie de sa robe et la fit remonter au niveau de ses hanches. Les yeux plongés dans les siens, il lui saisit les fesses. Elle le regarda, hypnotisée. Puis, lorsqu'il glissa un doigt sous son string et effleura son intimité, elle renversa la tête en arrière, lèvres entrouvertes. Un long gémissement s'en échappa. Aussitôt elle ferma la bouche, se mordit la lèvre.

— Ne te retiens pas, dit-il alors. Je veux t'entendre manifester ton plaisir.

Elle le regarda sans savoir pourquoi cette demande la gênait.

Un sourire à peine perceptible étira les lèvres de Leo, un étrange éclair brilla dans ses yeux.

— Tu veux que je t'aide, c'est ça ? Oh ! Helena... Tu n'as aucune idée de l'effet de tes gémissements sur moi...

Le cœur battant à tout rompre, sa gêne s'apaisa. Helena sut alors vouloir accéder à son désir.

Dans la seconde suivante, Leo introduisit son doigt au cœur de son intimité tandis que, du pouce, il titillait son clitoris. Elle se cambra, le corps vibrant de sensations nouvelles qui allèrent en s'amplifiant lorsque, de sa main maintenue sur ses fesses, il la pressa contre lui.

De petits cris s'échappèrent de ses lèvres, entrecoupés de soupirs. Faute de voir Leo, Helena sentit son plaisir de la garder ainsi à sa merci, de prendre possession de son intimité et de la conduire au bord de la folie grâce à son expertise.

Comme il intensifiait ses caresses, sa respiration s'accéléra. Elle n'avait jamais encore ressenti un tel crescendo de sensations. Mais il était son ancre dans la tempête sensuelle qu'il lui offrait, et elle savait – même si cela lui paraissait difficile à croire – que bien plus allait suivre.

Soudain, elle eut l'impression qu'un feu d'artifice éclatait en elle, puis ses cris s'envolèrent dans la brise marine tandis qu'elle s'abandonnait contre lui, comblée, le corps vibrant, et épuisée.

Elle eut à peine conscience de Leo la soulevant dans ses bras et l'emportant dans l'escalier conduisant au pont principal.

Il s'immobilisa sur le seuil de la suite préparée à l'intention des jeunes mariés, lui laissant le temps d'en contempler la beauté. Là aussi, des pétales de pivoines parsemaient le sol. Des bougies allumées dans des lampes tempête diffusaient une lumière douce, leurs flammes vacillant sous la brise venue de la porte-fenêtre ouverte. L'air marin gonflait les longs rideaux de tulle blanc descendant du plafond autour d'un immense lit. L'effet était magnifiquement romantique.

Helena sut qu'elle conserverait éternellement ce tableau dans sa mémoire, et réalisa qu'ils n'avaient droit à rien d'autre ensemble.

Comme s'il avait eu la même pensée, Leo resserra sa main sur son épaule et celle sur son genou.

Cette fois, ce fut elle qui voulut l'ancrer dans leur présente réalité, dans cet instant auquel ils s'abandonnaient égoïstement. S'ils ne pouvaient partager que cette nuit, ce serait déjà beaucoup. Les yeux fixés dans les siens, elle demanda :

— Tu vas rester avec moi ?

L'espoir brillant dans les prunelles d'Helena toucha immensément Leo. Aussi, ce fut avec une absolue certitude que, refusant de reculer devant les contraintes qui façonnaient le reste de leur vie, il lui promit :

— Aussi longtemps que je le pourrai.

Il l'allongea alors sur le lit avec une infinie délicatesse, encore sous le choc d'avoir découvert qu'elle était tout ce qui comptait à ses yeux, et qu'il n'en avait jamais été conscient. Comment diable pouvait-il avoir autant de chance et être si malheureux en cet instant où les heures qu'il leur restait à passer ensemble filaient inexorablement ?

Refusant cette pensée, sans la quitter des yeux, il défit lentement les derniers boutons de sa chemise. Lorsqu'il l'eut ôtée, Helena s'agenouilla sur le lit et fit passer sa robe par-dessus sa tête avant de la lancer au sol. Dieu qu'elle était belle vêtue de son seul string, le regard brûlant de désir et d'anticipation ! Si belle qu'il eut envie de parcourir de baisers son corps parfait, de la faire sienne sans attendre.

— Tu es absolument magnifique, dit-il avant d'ajouter en grec : Et je suis perdu.

Le regard d'Helena se teinta de tendresse. Cela troubla Leo plus que tout ce qu'ils avaient partagé jusqu'alors. Il sentit son cœur s'emballer, un signe d'avertissement auquel il refusa de prêter attention.

Comme, après s'être déchaussé, il ôtait sa ceinture, elle lui écarta les mains et abaissa la fermeture Éclair de son pantalon, exposant l'évidence de son désir, avant d'en explorer le contour sans la moindre honte ou le moindre embarras. Les yeux rivés sur ses mains, Leo lui souleva le menton. Son regard brillait de passion indomptée.

— Tu n'as pas à faire cela, *agapi mou*.

Malgré ces mots, Leo voulait la voir continuer. Il le voulait si fort que son cœur se mit à battre à tout rompre dans sa poitrine avant de stopper brutalement à la vue du sourire coquin sur les lèvres d'Helena.

— Je sais, répondit-elle avant de faire glisser son pantalon et son boxer sur ses jambes, et de l'aider à se débarrasser des deux.

Relevant alors les mains, elle enroula les doigts autour de

son érection. Il s'apprêtait à se dérober à sa caresse lorsqu'elle referma les lèvres autour de son sexe. Dans la seconde, toute pensée le déserta.

Tandis que, les mains plaquées sur ses fesses, elle faisait glisser lentement sa bouche le long de son membre, un gémissement échappa à Leo. Cette sensation, à la fois divine et infernale, lui donna un avant-goût du plaisir encore plus intense qu'ils atteindraient quand leurs corps s'uniraient.

Il eut beau retenir son souffle pendant que, de la langue, Helena jouait avec son gland, lorsque sa bouche atteignit la base de son sexe, elle lui arracha un râle profond. Leo frissonna, poussa ses hanches vers elle comme pour l'empêcher d'arrêter. Son désir devint si ardent qu'il craignit de ne pas pouvoir se contrôler très longtemps. Même si tout s'opposait à eux, chaque fibre de son être la voulait. Cette femme allait l'anéantir, c'était certain, mais peu importait.

Incapable de résister à son besoin de la posséder au plus vite, Leo se retira délicatement.

— Attends, je vais prendre un préservatif.

— Ce n'est pas la peine, dit-elle en dardant sur lui son regard brûlant. Je suis sous contraception.

Elle se mordit alors la lèvre. Face à ce premier signe d'hésitation depuis leur premier baiser, il suspendit son geste, mais déjà elle poursuivait d'une voix teintée de timidité :

— Je ne veux aucune barrière entre nous.

Le cœur de Leo manqua un battement. Il n'avait jamais partagé son corps avec une femme sans protection. Or c'était ce qu'elle lui proposait, et la perspective des sensations inaltérées qui l'attendaient fit rugir son sang dans ses veines. La raison cependant le poussa à préciser :

— Je suis entièrement sain. Si tu as le moindre doute, je peux...

— J'ai confiance en toi.

Ces mots résonnèrent dans son âme et son corps. C'était le plus précieux cadeau qu'on lui ait jamais fait.

L'accès soudain de nervosité d'Helena à l'approche du moment décisif s'évanouit en un éclair. Le visage de Leo exprimait un bonheur sans mélange. Elle y vit une entente profonde les liant dans une même félicité. C'était merveilleux, et en même temps effrayant car leurs jours ensemble étaient comptés. Dès le surlendemain, leur couple ne devrait plus exister.

Comme s'il avait pu suivre le fil de sa pensée, Leo l'attira dans ses bras et l'embrassa avec une passion qui niait tout lendemain solitaire, qui niait peut-être même leur futur interdit. Sans lâcher ses lèvres, il l'allongea sur le lit, s'étendit contre elle, l'enlaçant, l'emprisonnant dans ses mains, ses bras et ses jambes, et surtout dans sa passion. Helena s'y abandonna. Ce n'était pas une cage oppressive, mais un refuge de douceur et de sécurité. Elle savait que, quoi qu'il se passe, il la protégerait, ferait passer son bonheur et son bien-être en premier. Et c'était tout ce dont elle avait besoin, s'assura-t-elle tandis qu'il la pénétrait avec une délicatesse et une lenteur exquises.

Les doigts serrés autour des bras de Leo, les lèvres soudées aux siennes, Helena tendit les hanches vers lui, accompagnant ses mouvements. Comme leurs souffles s'accéléraient, elle sentit son cœur se dilater, s'emplir de joie et de passion, de tristesse aussi à l'idée de leur prochaine séparation, mais par-dessus tout d'amour. Et ce fut cet amour qui l'emporta dans la béatitude alors que le second orgasme de la journée la terrassait.

Lorsque Helena ouvrit les yeux, les premiers rayons de soleil baignaient l'horizon d'une lumière rose dorée. Elle s'en voulut aussitôt de s'être endormie. Ils avaient si peu de temps à passer ensemble, or elle venait d'en perdre quelques précieuses heures.

Tournant la tête, elle croisa le regard de Leo. L'éclat doux de ses yeux se teinta alors d'une lueur encore plus séduisante tandis que l'ébauche d'un sourire étirait ses lèvres. Ensuite, il lui passa un bras autour de la taille et il l'attira contre lui. Elle savoura cette manifestation de possessivité.

Même s'ils n'en avaient pas parlé, c'était tout ce qu'ils auraient, tout ce qu'ils pourraient avoir. Helena le savait. Leo ne prendrait jamais le risque de compromettre l'avenir de l'entreprise à laquelle il avait tant donné. Il n'avait d'ailleurs pas à le faire. De toute manière, elle devrait se consacrer à assurer la survie d'Incendia. Se réfugier derrière cette excuse était moins pénible qu'envisager une douloureuse probable vérité : il voudrait seulement de cette nuit avec elle.

Écartant cette pensée, Helena contempla quelques secondes le profil de Leo avant de caresser la fine barbe soyeuse qui ombrait ses joues au petit matin. De là, elle fit glisser sa main sur son cou, puis sur son torse. Les yeux plongés dans les siens, il la laissa explorer son corps. Elle le caressa encore et encore, engrangeant dans sa mémoire chaque centimètre de peau, chacune de ses réactions afin de les chérir le reste de sa vie.

Il la laissa prendre l'initiative de s'asseoir sur ses hanches, puis entamer une lente danse. Forte de leur complicité de la nuit, elle sut exactement comment les transporter tous deux du plaisir à un orgasme éblouissant.

Après un instant de tendresse partagée, Leo la souleva dans ses bras puis l'emporta jusqu'à la salle de bains. Avec ses éléments en marbre blanc veiné de vert encastrés dans un bois au brun sombre et ses robinets dorés, celle-ci était aussi superbe que le reste du yacht.

Une fois sous la douche, il fit preuve de la même délicatesse que dans le lit pour la savonner de la tête aux pieds. Personne n'avait jamais pris autant soin d'elle avec autant de respect et d'attention.

Helena sentit soudain les larmes lui monter aux yeux.

En cet instant, elle était au centre du monde de Leo et elle le savait.

Et, même si ça devait simplement durer quelques heures de plus, cela lui suffisait.

10

Allongée sur un lit de plage du pont principal, Helena s'inquiéta soudain de l'absence de Leo.

— Où es-tu ? lui lança-t-elle.

— J'arrive, attends-moi.

Elle n'avait pas envie de l'attendre, pensa-t-elle en souriant à cette pensée. Cet homme semblait lui avoir jeté un sort et eux être revenus à l'époque où, en adolescente éprise, elle attendait désespérément de revoir le beau Leo Liassidis. Hélas, il n'avait jamais été un simple engouement à ses yeux. Or leur relation devait s'arrêter là. Elle le savait, mais savait aussi que le quitter allait être affreusement difficile.

— Ta-da !

Le son de la voix de Leo la fit sursauter. Helena ouvrit les yeux. Debout devant elle à contre-jour, il portait un plateau qu'il déposa sur la table basse entre leurs deux lits de plage.

Il y avait deux coupes de fruits nappés de yaourt et surmontés de noix diverses, des toasts dorés à souhait, deux assiettes d'œufs brouillés et deux flûtes contenant des mimosas.

— C'est toi qui as préparé cela ?

— Évidemment, répondit-il comme outré qu'elle puisse l'en croire incapable.

Helena rit et ne put résister à la tentation de le taquiner.

— *Évidemment* ? Tu sais cuisiner ?

— Pourquoi ne saurais-je pas ? Parce que je suis grec ou parce que je suis un homme ? J'ai besoin de savoir afin d'estimer le degré de l'offense.

— Les deux ?

Une succession de jurons grecs résonnèrent dans l'air matinal, si colorés qu'Helena renversa la tête en arrière et rit de bon cœur, du même rire que pendant ses étés dans l'île des Liassidis.

— Cesse donc de te moquer de moi !

Elle rit de plus belle, consciente que son ton bourru dissimulait sa joie secrète.

Pendant le petit déjeuner, ils discutèrent du programme de la journée et de la soirée avec animation, comme si le spectre du retour prochain de Leander ne planait pas au-dessus d'eux. Comme s'ils avaient toute une vie ensemble devant eux.

Nager, bronzer, manger et se détendre. C'étaient des occupations si simples et si naturelles. Si différentes de celles habituelles d'Helena depuis sa dernière rencontre avec Leo. Après le décès de son père, elle s'était impliquée dans son soutien au sein d'Incendia, concentrée sur ses études afin de devenir celle dont son père aurait été fier et que sa mère pourrait... pourrait enfin aimer.

Dans cette frénésie de travail, elle avait oublié la petite fille et l'adolescente insouciantes d'autrefois. Celle qui jouait avec les jumeaux Liassidis, riait de leurs plaisanteries et taquineries. Or, en cet instant, elle n'était pas la seule à réapprendre à se détendre.

Leo était totalement décontracté. Son air éternellement grave avait laissé place à un sourire constant. Son regard brûlant plein de promesses jusqu'alors inconnu électrisait Helena et la rendait consciente de sa propre sensualité. Un sentiment à la fois puissant, enivrant, et terrifiant tant il était addictif.

Tout en nageant sur place, Leo enlaça la taille d'Helena. Sentir son corps contre lui l'émerveilla une fois encore. Il en savoura la sensation, certain de ne jamais l'oublier. Avec la vue sur les îles au loin, le soleil et la mer délicieusement tiède, il se sentait au paradis. N'avait pas souvenir d'avoir connu un moment aussi parfait.

Il se rappela la vision d'Helena en robe de mariée à la porte de l'église, quand elle n'avait pas encore réalisé qu'il n'était pas Leander. Le temps qu'elle avance jusqu'à l'autel, il avait oublié pourquoi il se trouvait en ce lieu, oublié qu'elle n'était pas sa fiancée, oublié les différends avec son frère… En fait, il avait presque oublié son propre nom.

Elle avait un petit sourire aux lèvres, semblable à celui de la Joconde, hypnotisant, énigmatique, mais néanmoins séduisant. Lorsqu'elle avait levé les yeux vers lui, il avait lu en eux une lueur heureuse pleine d'espoir, puis elle l'avait reconnu et son regard avait trahi une pure horreur.

— La Terre à Leo, murmura-t-elle, ses jambes entrelacées aux siennes avant d'ajouter d'un ton coquin : Et si tu finissais ce que tu as commencé ?

— Tes désirs sont des ordres, jeune fille.

Et il glissa alors un doigt sous le bord de son bikini. Elle poussa un cri de joie et se tortilla. Leo en profita pour l'embrasser.

— Ce n'est franchement pas le lieu idéal, dit-il tout contre ses lèvres.

Pour toute réponse, elle rit, se frottant de plus belle à lui. Le doigt de Leo trouva alors le cœur de son intimité. Helena gémit et renversa la tête en arrière.

Elle était si belle ainsi abandonnée qu'il sentit son cœur se serrer. Il aurait pu la regarder et la satisfaire pendant le reste de ses jours, et il s'y appliqua. Sous ses doigts, ses gémissements se transformèrent en cris de plus en plus rapprochés et suppliants pour culminer dans l'extase. Voir son plaisir faillit faire jouir Leo. C'était une expérience si érotique...

Serrant dans ses bras-le-corps alangui d'Helena, il nagea jusqu'au yacht, puis la porta sur le pont principal, où ils se rincèrent l'eau salée sur leur peau sous la douche extérieure.

Ceci fait, ne pouvant se retenir de la toucher, il s'assit sur un lit de plage, l'attira entre ses jambes et l'enlaça. C'était comme si son corps savait leur temps ensemble compté et essayait désespérément d'absorber tout ce qu'il pouvait. Les sensations, les parfums, les contacts.

— Alors, madame Hadden, dit-il en prenant l'accent d'un journaliste anglais, mais incapable de prononcer son nouveau nom – celui de son frère. Nos lecteurs curieux se demandent quels sont vos projets pour les cinq ans à venir ?

— Eh bien, je suis encore jeune, bien sûr, et souhaite faire beaucoup de choses avec Incendia...

Si l'organisation survivait au bilan financier de fin d'année. Il la savait inquiète du résultat, et avait foi en sa réussite, mais s'abstint de l'interrompre pour la rassurer car le début de sa phrase d'une part et son hésitation à la fin lui semblèrent introduire une suite importante.

— ... mais un jour, dans un futur proche, j'aimerais fonder une famille.

Là, le cœur de Leo marqua un arrêt brutal. Il se remettait avec peine à respirer quand elle ajouta en se frottant l'arête du nez :

— Je voudrais avoir *des* enfants. Pas qu'un seul.

Comme elle lui dépeignait sa famille et sa vie souhaitées, il dut se forcer à ne rien laisser paraître de son soudain désarroi. Lui, qui était fâché avec son frère depuis quatorze ans, qui s'était jeté à corps perdu dans le travail pour remplir des journées qui malgré tout devenaient de plus en plus vides, ne s'était jamais autorisé à penser à un avenir avec une famille.

Et, même si Helena n'avait pas « épousé » Leander aux

yeux de tous, aurait-il été en mesure de lui offrir la famille et l'amour qu'elle méritait, n'avait jamais eus et dont elle avait besoin ? Un homme qui s'était montré aussi impitoyable avec son jumeau était-il capable de ce genre d'amour ?

— La Terre à Leo, se plaignit-elle d'une voix douce. Je n'arrête pas de te perdre.

Tout ce à quoi il put penser alors fut : *Je t'ai déjà perdue.*

— Et vous, monsieur Liassidis, où vous voyez-vous dans cinq ans ? demanda Helena même si elle savait qu'il n'avait plus le cœur à ce petit « jeu ».

— Je présiderai encore quantité de réunions et continuerai d'ordonner à des milliers d'employés ce que je veux leur voir faire.

Sa réponse était révélatrice car calculée et donnée sur le ton de la plaisanterie. Elle ne l'apprécia pas.

Dès l'instant où elle lui avait dit vouloir une famille, l'énergie avait changé entre eux. D'un côté, elle regrettait de lui avoir confié ses rêves d'avenir. De l'autre, elle lui en voulait de sa réaction. Désirer une vie paisible, traditionnelle, et donner de l'amour n'avait rien de déraisonnable. Son but n'avait pas été de quémander de l'affection, mais de partager avec lui son moi profond.

Le retrait, émotionnel à défaut d'être physique, de Leo fut un douloureux rappel du fait qu'il n'était pas un homme avec qui elle trouverait la sécurité.

Helena ne le croyait pas pour autant redevenu le Leo qui l'avait sortie de sa vie si facilement bien des années auparavant. De toute évidence, être séparé de son frère le tourmentait terriblement.

En conséquence, elle pensait que, comme elle, il avait

énormément d'amour à offrir, mais personne à qui le donner tant il craignait de souffrir.

En cela, il était différent d'elle puisqu'il avait perdu tout espoir de relation harmonieuse et durable. Il se protégeait en se distanciant des gens...

Cela l'attrista, car elle l'aimait. Profondément, même. Et la pensée qu'il n'accepterait pas cet amour, ne se permettrait pas de l'éprouver, lui déchirait le cœur.

Mais à quoi bon entretenir de telles idées. Elle aurait amplement le temps de le faire une fois qu'il serait parti. En cet instant, seul le présent comptait, et mieux valait en profiter pleinement pour oublier que leur relation prendrait fin le lendemain.

Helena tendit donc ses lèvres vers Leo :

— Ai-je droit à un baiser ?

Bien à contrecœur, Leo appela le capitaine en fin d'après-midi. Une fois l'équipage revenu, ils regagnèrent le port, où le chauffeur les attendait pour les ramener à la villa.

Dans la voiture, un intense stress fondit sur Leo. Le silence lourd de non-dits entre Helena et lui n'y était certes pas étranger. Pourtant, il se sentait surtout la proie d'un sentiment lui commandant d'agir, sans toutefois lui indiquer dans quelle direction.

Le visage tourné vers la vitre, il contempla la vue sur la côte arborée aux lumineux tons de vert et la Méditerranée dont le bleu azur lui rappellerait à jamais celui des yeux d'Helena.

Hélas, toute cette beauté ne suffit pas à lui faire oublier les signaux d'alarme qui résonnaient dans sa tête depuis le début de l'après-midi. Ou, pour être honnête envers lui-même, depuis le moment où il avait vu la mariée entrer dans l'église.

Simplement, les avertissements étaient de plus en plus sonores, lui indiquant la proximité toujours plus grande du danger.

Il avait déjà entendu de tels signaux une fois, bien longtemps auparavant. Il les avait si obstinément ignorés que la défection de Leander l'avait sidéré. À l'époque, refuser de voir le manque d'enthousiasme grandissant de son frère pour leur rêve d'enfance avait été sa manière de le nier parce qu'il ne pouvait imaginer sa vie, ou Liassidis Shipping, sans son jumeau – l'autre moitié de lui-même.

Or, à présent, il éprouvait un sentiment similaire de perte imminente. La même incapacité à imaginer son avenir sans Helena. Et son besoin d'elle le terrifiait.

Dès que la voiture s'arrêta devant la villa, Helena en descendit sans un mot et fila vers l'entrée. Une intense tension émanait de son corps, comme si elle essayait de toutes ses forces de ne pas s'effondrer. Leo serra les dents. Ils venaient de passer une semaine ensemble, et c'était seulement en cet instant que les émotions le submergeaient à l'idée de la perdre !

Son cœur battant à tout rompre, protestant à cette pensée, cherchant à se libérer de l'emprise de ses émotions, Leo entra à grands pas dans le salon avant de s'arrêter net. Helena se tenait devant une des baies vitrées, mains sur ses épaules, bras resserrés devant sa poitrine. Il réalisa alors avoir autant de mal qu'elle à ne pas s'effondrer.

— Tu devrais partir, dit-elle au bout de quelques secondes.

En entendant cela, il aurait dû sentir le sol se dérober sous ses pieds, mais cela n'arriva pas. Ce n'était pas arrivé non plus lorsque Leander avait annoncé sa décision de suivre sa propre voie. Car, ce jour-là, Leo avait su au fond de lui que cela se passerait ainsi. Et dans cette situation, il le savait également. Cela ne l'empêcha pas de chercher à temporiser :

— Nous avons encore des heures devant nous.

Les yeux toujours rivés sur l'horizon, Helena secoua la tête.

— Il est préférable que tu partes avant l'arrivée de ton frère, tu ne crois pas ?

— Non, je ne le crois pas, mentit-il.

Et incapable de supporter cette froide distance entre eux plus longtemps, il traversa le salon, puis la fit pivoter face à lui. Voir qu'elle gardait les bras serrés contre sa poitrine le sidéra comme l'aurait fait une gifle. Avait-elle besoin de se protéger de lui ?

— On pourrait trouver le moyen de donner une chance à notre relation, reprit-il.

Helena leva vers lui ses yeux bleus dans lesquels Leo crut lire de l'espoir.

— Comment ? Tu penses à des rendez-vous secrets ou un week-end ensemble par-ci par-là en espérant que personne ne le remarque ? Ou bien attendre que Leander et moi divorcions comme prévu dans un an et demi ? Ce délai te paraît-il respectable avant que je baise officiellement l'autre jumeau ?

— *Christos*, Helena ! s'exclama-t-il, choqué d'entendre ce terme cru dans sa jolie bouche.

— Sois réaliste. C'est ainsi que les gens le verront.

Elle avait raison. Les mauvaises langues s'en donneraient à cœur joie, et les propos insultants pleuvraient sur eux. Alors, pourquoi s'entêter ?

Parce qu'il éprouvait soudain de l'espoir. Ce sentiment qu'il avait refusé pendant tant d'années. Ce sentiment qui motivait Helena dans tout ce qu'elle entreprenait. Oui, l'espoir avait surgi, le faisant aspirer à plus qu'il ne pouvait avoir.

Très vite, afin de ne pas lui laisser le temps de l'éviter, Leo pressa sa bouche sur celle d'Helena, en un baiser tout à la fois furieux et à la passion désespérée. Contrairement à son attente, elle ouvrit les lèvres et lui répondit avec la même ardeur.

Il la plaqua alors contre la baie vitrée, puis remonta d'une main l'ourlet de sa robe légère, cherchant à s'approprier la moindre parcelle de sa peau. Ses gémissements le rendirent fou. Comprenant soudain que, outre le plaisir, c'était son besoin de vivre son rêve avec lui qu'ils lui indiquaient, Leo sentit son désespoir atteindre des sommets. Alors, dans une ultime tentative, bien que conscient de ne pas pouvoir lui offrir tout ce qu'elle désirait mais prêt à se contenter de ce qu'ils avaient, il recula d'un pas et la supplia :

— Je t'en prie, Helena, ne me rejette pas.

— Enfin, Leo, je viens d'épouser ton frère !

— Non, pas vraiment.

— Quelle importance ? Le monde entier le croit. Comment pourrait-on vivre quoi que ce soit ensemble ? Tu as survécu de justesse à une femme Hadden. Tu ne survivrais pas à la révélation d'une liaison entre nous. Liassidis Shipping non plus.

Helena vit alors une expression paniquée se peindre sur le visage de Leo : la peur de perdre tout ce pour quoi il avait travaillé toute sa vie.

C'était si évident qu'il lui était impossible de l'ignorer, et cela la frappa en plein cœur. Elle aurait pu vivre avec la douleur de l'avoir perdu, attribuer leur séparation aux circonstances, se dire qu'ils avaient simplement été des amants maudits, et même chérir l'idée que ce qu'ils avaient partagé était important.

Mais pas après une telle réaction. Une fois de plus, il lui signifiait qu'elle ne lui suffisait pas.

Son choc fut tel qu'elle parvint à peine à respirer et chancela. Leo lui tendit aussitôt une main. Elle la repoussa.

— S'il te plaît, Helena...

— Non, Leo. C'est terminé. Pars, maintenant.

Elle lui tourna alors le dos afin de lui dissimuler ses larmes. Sur la surface de la baie vitrée, elle vit le reflet de Leo, le vit baisser la tête. Il abandonnait donc. Elle s'y était attendue, mais cela n'allégea pas sa peine.

Lentement, la silhouette sombre sur la vitre se tourna et Helena regarda Leo Liassidis sortir de sa vie pour la dernière fois.

En se réveillant, Helena mit quelques secondes à réaliser où elle se trouvait, puis tout lui revint. Après le départ de Leo, elle s'était allongée sur le canapé et avait pleuré sans retenue. Le sommeil avait dû avoir raison d'elle à un moment donné car, à en juger par le soleil qui entrait à flots dans la pièce, c'était le petit matin.

Aussitôt, les larmes lui remontèrent aux yeux. Leo l'avait quittée parce qu'elle ne lui suffisait pas. Ses paroles lui revinrent alors à l'esprit : « Ça doit être suffisant pour *toi*, Helena. »

Il avait eu raison, mais elle haït le fait de l'avoir entendu de sa bouche. Quoi qu'elle fasse pour Incendia, sa mère ne l'aimerait pas. Son père n'était plus là. Elle devait donc se suffire à elle-même, mais sa douleur était trop fraîche pour lui permettre de réfléchir calmement.

Entendant alors du bruit à l'extérieur, Helena se souvint que Leander devait arriver. Un sanglot lui échappa. Elle serra les dents. Même si le départ de Leo lui avait brisé le cœur, ce n'était pas le moment de s'effondrer. Elle devait faire face, et pour cela, retrouver son apparence habituelle. Elle se hâta donc de rejoindre sa chambre.

Au sortir de la douche, tout en s'habillant, Helena entendit un son étouffé et persistant en provenance de son sac à main. Il venait de son téléphone mis en mode silencieux sur le yacht afin de ne pas voir ses dernières heures avec Leo interrompues.

Elle le prit et vit trente appels manqués. Certains de numéros inconnus et un nombre inquiétant venant de Megan.

Que diable se passait-il ?

À cet instant, des coups frappés à la porte retentirent.

Helena se dirigea vers l'entrée. Une foule de questions s'élevèrent alors. Les journalistes assiégeaient la villa !

— Helena, êtes-vous là ?

— Leo Liassidis est-il avec vous ?

— Que fait Leander avec une blonde en Californie ?

Elle se figea sur place et, son téléphone sonnant dans sa main, répondit sans réfléchir à Megan.

— Comment vas-tu, Helena ?

— Je... Que se passe-t-il ?

— La presse a appris que tu étais en voyage de noces avec Leo Liassidis et non avec Leander.

11

À peine arrivé en hélicoptère dans l'île de ses parents, Leo trouva la maison vide et se souvint que ces derniers étaient allés en France rendre visite à des amis. Un peu de solitude lui ferait du bien après une semaine passée avec Helena, se dit-il. De toute manière, tout autre endroit lui aurait paru vide.

Au petit matin, après avoir passé la nuit à se tourner et se retourner dans son lit, il partit marcher au bord de la mer.

Se baissant, il ramassa un caillou qu'il lança de toutes ses forces dans la mer démontée où l'eau l'absorba dans ses profondeurs. Autour de lui, le vent faisait rage, couchant l'herbe, malmenant les arbres.

Leo se sentit seul. Extrêmement seul.

C'était ce qui arrivait lorsqu'on s'était transformé en île comme celle sur laquelle il se trouvait.

C'était ce qui arrivait lorsqu'on ne se battait pas pour ce qu'on voulait.

Voilà exactement le genre de réflexions qu'aurait pu lui faire Leander. Or Leo avait pensé plus fréquemment que jamais à son frère au cours de la semaine écoulée. Il se sentait tiraillé entre le présent et le passé, son jumeau et Helena.

En une manifestation d'humeur, il fit demi-tour, s'attendant presque à voir Leander marcher vers lui, mais il n'y avait personne sur le sentier. Il éprouva l'envie de se battre, d'agresser quelqu'un, de se débarrasser des sentiments qui bouillonnaient en lui. La honte, la culpabilité et l'impuissance.

Parce que c'était vrai. Il ne s'était pas battu pour ce qu'il voulait. Au fond de lui, il avait su que son frère n'était pas heureux, et avait prétendu l'ignorer. Malgré cela, l'entendre choisir l'argent plutôt qu'une vie avec lui avait été un choc monumental.

Désormais, Leo ne pouvait plus se mentir. Les propos d'Helena au sujet de Leander étaient vrais. Il aurait été horriblement malheureux de travailler dans Liassidis Shipping. Cet homme audacieux et entreprenant aurait suffoqué dans une entreprise impliquant le travail routinier et peu éclatant que lui-même appréciait.

Un autre point sur lequel Leo ne pouvait plus se mentir était son manque de réaction à l'époque. Il n'avait pas affronté son frère car il savait que cela aurait été vain, parce que *lui* ne suffisait pas au bonheur de Leander. Il avait donc préféré se poser en victime innocente, passer pour celui qui avait sacrifié sa vie personnelle pour la consacrer à une entreprise sans aucune aide.

Un sacrifice qu'il venait de refaire.

Avec Helena.

Cette idée l'anéantit, car la peine de perdre son frère n'était rien en comparaison de la douleur dévastatrice de perdre Helena.

Comment avait-il pu la laisser partir alors qu'il avait tant besoin d'elle ? En un éclair, il se remémora la semaine précédente. Helena le défiant dans la galerie d'art, elle riant avec les amis de Leander dans le night-club, elle jouant avec le pendentif pivoine que *lui* aurait dû lui offrir lors de leur dernier Noël ensemble. Il se souvint soudain du cadeau qu'elle lui avait acheté, ne lui avait pas donné et avait placé dans...

Leur cachette !

Leo s'élança alors en courant vers la maison et ne s'arrêta

qu'une fois arrivé devant le tableau. Le cœur battant, il imagina Helena adolescente en train d'écouter sa conversation avec Mina et découvrant soudain qu'elle ne représentait rien à ses yeux. Sa douleur avait dû être atroce…

Il souleva la peinture et prit le petit paquet à l'emballage chiffonné.

À ce moment précis, son téléphone sonna et un message de son assistante s'afficha :

Regardez les informations au plus tôt et rappelez-moi.

Après le coup de fil de Megan, Helena s'empressa de lancer une recherche Internet.

Elle trouva aussitôt de gros titres, tous plus accrocheurs les uns que les autres.

Les jumeaux Liassidis échangent leur identité !

Qui a épousé Helena Hadden ?

Qui est la jeune femme avec Leander ?

Le dernier dirigeait sur l'article d'un blogueur grec qui, en faisant un reportage sur ses concitoyens célèbres en Californie, avait vu Leander sortir de sa propriété en compagnie d'une jeune femme blonde. Le croyant en lune de miel en Grèce, il les avait suivis jusqu'à un théâtre et avait soudoyé un employé pour obtenir des photos.

Au bord de la nausée, elle regarda les clichés de Leander et Kate en train de s'embrasser. Sa culpabilité d'avoir placé ses deux meilleurs amis au cœur d'un scandale d'envergure internationale l'empêcha de se réjouir d'apprendre que ces deux personnes si chères à son cœur et parfaites l'une pour l'autre avaient fini par être unies.

Helena essaya alors de joindre Kate, mais tomba sur sa boîte vocale. Étant donné le décalage horaire avec la Californie, cela ne l'étonna pas. Elle laissa donc un message l'informant de la situation.

Elle appela ensuite rapidement chacun des membres du conseil d'administration d'Incendia, endossa l'entière responsabilité de la supercherie et expliqua en avoir usé dans le seul but de sauver l'organisation.

Ce qui était vrai. Elle avait simplement voulu se montrer à la hauteur de son poste.

Avoir placé Incendia au cœur d'un scandale qui en entachait la réputation l'anéantissait, mais elle n'était pour rien dans le vol commis par le directeur financier.

À ce stade de ses réflexions, Helena commença à comprendre la réflexion de Leo.

« Ça doit être suffisant pour *toi*, Helena. »

Au vu des circonstances, elle avait fait de son mieux, et cela devait lui suffire, la rendre fière. Or la seule façon d'en être fière était de reconnaître ouvertement ses actes. Auparavant toutefois, elle devait prévenir Kate.

Elle reprit alors son téléphone et vit des appels manqués de Leo. Si le scandale n'avait pas éclaté, elle l'aurait rappelé, se serait assurée qu'il allait bien. Mais sachant combien il devait être furieux du tort que toute cette histoire risquait de causer à Liassidis Shipping, Helena préféra s'en abstenir dans l'immédiat, et espérer que son plan détournerait l'opprobre de lui et de son entreprise.

Elle appela donc son amie.

— Kate ? Tu m'entends ?

— Oui, répondit celle-ci, la voix brouillée de larmes. Je suis désolée. J'ai tout gâché.

— Je t'en prie, ne pleure pas. Tu n'y es pour rien. C'est moi qui t'ai suppliée de partir à la recherche de Leander.

— Tu ne m'as pas suppliée, je t'ai proposé de le faire.

— Je n'aurais jamais dû te dire oui, mais j'étais tellement

noyée dans mes propres problèmes que j'ai ignoré les signes indiquant une forte attirance entre vous, et ai accepté.

Même si elle avait toujours espéré que ses deux amis trouvent l'amour ensemble, Helena réalisa en cet instant avoir été trop préoccupée par le sort d'Incendia pour remarquer ce qui se jouait entre eux pendant la semaine précédant le mariage.

— Il ne s'est rien passé avant le mariage, je te le jure. Et je n'avais pas la moindre intention de faire quoi que ce soit avec lui, en partant à sa recherche.

— Je le sais, Kate.

— Leander sera auprès de toi aujourd'hui, et…

— Je ne peux pas l'épouser, plus maintenant. Dis-lui de rester en Californie. C'est une véritable folie médiatique ici, et ça ne va pas s'arranger d'un moment car je ne peux plus continuer. Il y a eu trop de secrets, trop de mensonges, trop de souffrance. Je vais donner une conférence de presse, dire la vérité.

— Ne fais pas ça, Helena ! s'exclama Kate d'un ton paniqué. Tu vas perdre l'accès à ton héritage.

— Si, je dois rétablir la vérité. J'ai causé trop de tort autour de moi.

— C'est faux. Tu as essayé d'agir pour le mieux, et pour la meilleure des raisons. C'est moi qui ai tout gâché.

— Ce qui est arrivé entre vous était inévitable, la rassura Helena. Leander et toi êtes faits pour être ensemble.

Un silence suivit ses paroles, puis la voix de Kate lui parvint, ténue :

— C'est fini entre nous.

— Je suis tellement navrée, ma chérie.

Son ton soudain peu assuré dut alerter son amie car elle demanda :

— Es-tu tombée amoureuse, toi aussi ?

— Oui. Et c'est terminé également. Je n'étais pas assez bien pour lui.

Cet aveu lui serra le cœur. Une boule se formait dans sa gorge lorsque Kate demanda :

— Est-ce que les jumeaux Liassidis sont d'ignobles êtres insensibles de naissance ou ont-ils cultivé leur côté impitoyable séparément en vieillissant ?

Toutes deux rirent alors en chœur, puis Helena demanda à Kate si elle partait toujours pour Bornéo, lui promit d'aller l'y voir, mais qu'elle n'embrasserait pas d'orangs-outangs, ce qui déclencha à nouveau leur hilarité. Lorsqu'elles eurent repris leur sérieux, son amie demanda :

— Es-tu certaine de vouloir fournir des explications publiques ?

— Je n'en ai pas franchement envie, mais je dois le faire.

— J'aimerais tant pouvoir être auprès de toi pour te donner du courage.

— J'aimerais beaucoup aussi, répliqua Helena en soupirant. Bon voyage à Bornéo.

— Merci. Je t'adore.

— Je t'adore aussi.

Leur communication terminée, Helena essuya les traces mouillées sur ses joues. Cette fois, ses larmes ne venaient pas de son cœur brisé, mais étaient dues à sa complicité chaleureuse avec son amie.

Elle eut alors la certitude d'avoir pris la bonne décision.

Dès l'instant où Leo vit les gros titres accompagnés de spéculations sur les raisons ayant poussé les jumeaux Liassidis à échanger leur identité, et d'autres questions, son cœur se mit à battre à tout rompre.

Sa première pensée fut pour Helena.

N'arrivant pas à la joindre, il appela son assistante pour lui demander de faire envoyer en urgence une équipe de sécurité à la villa, puis rejoignit son hélicoptère.

Son téléphone n'arrêtant pas de sonner, il bloqua les appels en provenance de numéros inconnus et ignora ceux du conseil d'administration de Liassidis Shipping. Ses membres s'inquiétaient probablement de la chute du cours des actions, mais Leo s'en fichait. Il ne pensait qu'à Helena et voulait être à ses côtés au plus vite.

Une fois dans le Magne, le ciel au-dessus de la villa grouillant d'hélicoptères de presse, ils furent forcés de se poser sur l'héliport d'un hôtel voisin. De là, il monta dans une limousine puis appela son frère. L'angoisse de lui parler le terrassait. Il avait tant de choses à lui dire, beaucoup trop, il devrait donc se limiter au plus important...

— Je suis profondément désolé de t'avoir exclu de ma vie, Leander. Ton choix de suivre ta propre voie m'a anéanti. J'ai préféré croire que tu m'avais trahi, mais je me suis menti. Dans mon désir de m'accrocher à notre rêve, j'ai refusé de reconnaître que tu étais malheureux à l'idée d'entrer dans l'entreprise familiale, que ce travail ne te convenait pas. Tu as essayé de maintenir un contact avec moi. Hélas, je n'étais pas prêt...

— Écoute, Leo, je suis touché d'entendre cela. Toutefois, il y a plus urgent pour l'instant. Je suis on ne peut plus navré de vous avoir entraînés, Helena et toi, dans cette histoire. S'il te plaît, dis-lui combien je suis désolé de lui avoir fait faux bond.

Leo serra les dents, conscient que la froideur de son frère était justifiée après la manière dont il l'avait écarté de sa vie sans lui fournir la moindre explication avant cet instant. Incapable de parler, il ne put que se racler la gorge.

— Je dois filer, maintenant, reprit Leander. Nous en discuterons calmement à mon retour en Grèce. Ça te va ?

— Oui, j'aimerais beaucoup ça.

— Moi aussi.

Leur conversation terminée, Leo soupira. Ce n'étaient pas les grandes retrouvailles avec son frère qu'il avait souhaitées, mais la porte entre eux était désormais ouverte.

En ce qui concernait Helena, cela risquait de ne pas être aussi facile.

Cependant, se jura-t-il en arrivant devant la villa, quoi qu'il lui en coûte, Helena Hadden serait sienne à la fin de la journée.

Helena serra les poings pour empêcher ses doigts de trembler. Le nombre de journalistes rassemblés devant la villa avait triplé depuis l'annonce de sa déclaration imminente. Risquant alors un coup d'œil à travers les persiennes, elle se sentit mal.

Des gardes du corps alignés au bas de la pelouse empêchaient les membres de la presse d'accéder à la porte comme l'avaient fait les premiers arrivés sur place. Leo lui avait envoyé ce service de sécurité. Elle en était certaine.

Même si cela la rassurait, Helena repoussa cette idée pour se concentrer sur les minutes à venir. Quel que soit le résultat de ce qu'elle s'apprêtait à faire, cela en valait la peine. Tenter de protéger la réputation de ses trois êtres les plus chers lui permettrait de se regarder en face sans honte, et cela lui suffisait.

Leo avait compris ses motivations, reconnu ses capacités de dirigeante et fêté son succès, mais il avait eu raison. Personne ne pouvait lui donner ce dont elle avait besoin. Ni lui. Ni ses parents. C'était à elle de le faire.

Forte de cette résolution, elle lissa la robe bleue choisie pour l'occasion. Une tenue féminine, à la simplicité élégante, qui donnerait à la presse l'image qu'elle souhaitait projeter.

Après avoir pris une profonde inspiration, Helena ouvrit la porte, descendit jusqu'en bas de la pelouse, se plaça devant les gardes du corps, puis attendit que les journalistes aient fini de prendre des photos pour parler.

— Il y a six mois, j'ai été nommée P-DG d'Incendia, une organisation caritative qui finance des recherches sur les maladies cardiaques rares dont se désintéresse la grande industrie pharmaceutique, et procure un soutien et une aide aux personnes et familles concernées. J'en ai personnellement bénéficié à l'adolescence après le décès subit de mon père.

Elle marqua une légère pause avant de reprendre :

— Peu après ma prise de fonction, j'ai découvert qu'un employé avait volé près de cent millions à cette organisation. Mon prédécesseur n'ayant pas reconduit l'assurance d'entreprise, Incendia était vouée à ne pas survivre au bilan financier de fin d'année.

— Quel est le rapport avec les frères Liassidis ? demanda un journaliste.

— J'y viens, répondit-elle avec un sourire. Mon père m'a laissé un héritage, mais une clause précisait que je ne pourrais y avoir accès qu'après mon mariage ou mon vingt-huitième anniversaire. Au vu des difficultés financières d'Incendia, Leander Liassidis m'a offert de me prêter de l'argent afin de sauver l'organisation. Toutefois, dans la mesure où j'avais la possibilité d'utiliser mon propre argent et que seule une clause m'empêchait d'y accéder avant deux ans, j'ai décidé de me marier. Que les choses soient claires : Leander et moi nous aimons comme des frère et sœur. Comme il a dû s'absenter, son frère Leo a pris sa place pour m'éviter l'humiliation de me retrouver seule devant l'autel. Je lui en suis extrêmement reconnaissante.

Sentant les larmes monter, elle marqua une courte pause avant de continuer.

— Je puis vous assurer que ce certificat de mariage ne sera jamais enregistré. La cérémonie religieuse n'a pas de valeur légale, donc Leander et moi ne sommes pas mariés. Les frères Liassidis n'ont rien fait d'autre que m'aider. Ce sont deux hommes d'honneur et je suis heureuse de les avoir pour amis. Voilà, j'ai terminé. Si vous avez des questions...

Un journaliste leva aussitôt une main.

— Leo Liassidis a-t-il signé le registre de l'église de son propre nom ?

— À vrai dire, j'ai signé la première et n'ai pas regardé.

— Le prêtre a-t-il participé à cette supercherie ? demanda un autre journaliste.

— Absolument pas. Je le répète, je suis la seule responsable. Les jumeaux Liassidis n'ont fait que me soutenir.

Une voix masculine s'éleva de l'arrière. Dans la foule, Helena ne put voir qui avait parlé, mais elle la trouva étrangement familière.

— Donc vous n'avez aucun sentiment romantique pour Leander Liassidis ?

— Non, aucun, répondit-elle.

— Et en ce qui concerne Leo Liassidis ? reprit l'homme.

Elle sentit son pouls s'accélérer, et des frissons lui parcoururent la peau.

— Que voulez-vous dire ?

— Avez-vous des sentiments romantiques pour Leo Liassidis ?

Les journalistes s'étant écartés afin de laisser avancer celui qui avait posé la question, Helena aperçut Leo. Que diable faisait-il là ? Ne comprenait-il pas qu'elle essayait de le protéger ? Visiblement non, car il insista, les yeux rivés aux siens :

— As-tu des sentiments pour lui ?

Des murmures insistants s'élevèrent de la foule.

— Je...

— Parce que je tiens de source sûre que lui a des sentiments pour toi, des sentiments très forts, dit-il sous les rires de la presse, avant d'ajouter du ton confiant de l'ancien Leo : En fait, je suis presque sûr qu'il est amoureux de toi.

Le cœur d'Helena se gonfla, tandis que sa détresse des douze dernières heures s'évaporait. Les larmes lui montèrent aux yeux.

— Si tu es *presque* sûr…, le taquina-t-elle.

— Je t'aime !

Tous les cameramen capturèrent son cri tandis que les flashs crépitaient.

Helena éprouva un sentiment de totale plénitude. Leo était le seul qui avait toujours compté à ses yeux, celui qui l'avait fait se sentir belle, désirée et aimée.

Et il l'aimait.

Il l'aimait même si cet amour devait ruiner Liassidis Shipping, et lui souriait comme si cela lui était égal.

— J'aime tout de toi, reprit-il. J'aime ton profond souci des autres et combien tu les inspires à devenir meilleurs. Tu es belle, drôle, intelligente, et je veux t'épouser. En mon nom, cette fois. Je t'aime depuis des années, mais…

Sortant alors un objet de sa poche, il l'éleva pour dire :

— « Parfois, il faut réussir par soi-même pour prendre conscience de sa propre valeur. »

Helena frissonna. C'était la montre qu'elle avait achetée pour lui onze ans plus tôt pour Noël, et la phrase qu'elle avait fait graver au dos du cadran. À l'époque, elle concernait ses rapports avec son frère. Désormais, elle convenait parfaitement aux leurs.

— Nous avons tous deux réussi par nous-mêmes et nous sommes conscients de notre force, alors maintenant es-tu prête à découvrir à quel point nous sommes imbattables ensemble ?

Leo retint sa respiration. Il voyait les larmes dans les yeux d'Helena et imaginait que son cœur devait battre aussi fort que le sien. Il pensait chacun de ses mots, se fichait même que Liassidis Shipping disparaisse du jour au lendemain tant qu'il était avec elle. En une semaine, elle était devenue le centre de son monde, celle avec qui il voulait passer le reste de sa vie.

Un sourire tremblant apparut sur les lèvres d'Helena tandis qu'elle faisait un pas hésitant vers lui. D'un bond, Leo franchit la distance qui les séparait, referma ses bras autour d'elle et l'embrassa. Un baiser qui allait faire la une de tous les journaux, un véritable baiser d'amour.

— Je t'aime, Helena murmura-t-il contre ses lèvres.

— Je t'aimerai toujours.

— Je suis navré qu'il m'ait fallu tant de temps pour venir ici, dit-il, conscient qu'il lui en avait fallu bien plus pour prendre conscience de son amour. Tu es ce que j'ai de plus précieux au monde et je ne laisserai plus passer une journée sans te le dire.

— D'accord.

— D'accord ? demanda-t-il, peu sûr de ce qu'elle acceptait.

— D'accord, je t'épouserai. *Encore.*

Sous les acclamations des journalistes, Leo sentit alors les morceaux de son cœur se recoller pour la première fois depuis des années et, en pensée, l'offrit à Helena, intact.

Il l'embrassa de nouveau, le premier d'une multitude de baisers qui joncheraient leur vie comme les étoiles dans le ciel nocturne.

Leur bonheur proclamerait leur amour au monde, de ce moment jusqu'à leur dernier souffle.

Épilogue

Deux ans plus tard...

Tout en ajustant ses boutons de manchettes, Leo se regarda dans le miroir en pied, évaluant son apparence d'un œil plus critique que d'habitude.

— S'il te plaît, dis-moi que je fais ce qu'il faut.

— Tu fais exactement ce que tu as *besoin* de faire.

— Vraiment ?

— Écoute, si tu veux que je te dise de renoncer, je peux, répondit Leander en soutenant son regard dans le miroir.

— Tu le ferais ?

— Non, sinon Kate me tuerait.

Leo éclata de rire. Il n'en doutait pas car, même s'il ne l'avouerait jamais à quiconque, sa belle-sœur lui faisait plutôt peur.

— Helena y tient, j'en passerai donc par là pour la rendre heureuse.

Son frère lui donna une tape dans le dos :

— Tu es dans le parfait état d'esprit.

Leo avait souhaité une cérémonie simple et intime. Bien qu'Helena l'ait peu à peu fait sortir de sa réserve, il préférait encore les petits rassemblements. Mais puisqu'il s'agissait de faire plaisir à sa presque épouse, il était prêt à lui offrir le mariage de ses rêves.

C'est pourquoi il se trouvait dans un manoir anglais de style Tudor, en queue-de-pie, et s'apprêtait en plus à porter un haut-de-forme flambant neuf.

Il le sortit alors de la boîte à chapeau.

Tout en jetant un regard aussi peu convaincu que le sien au couvre-chef, son jumeau déclara :

— D'après Helena, il te rend très beau.

— Je n'ai pas besoin d'un chapeau pour être beau.

— Continue de t'en persuader, répliqua Leander en lui assenant une nouvelle tape sur l'épaule.

— C'est ça, fiche-toi de moi. En attendant, tu vas en porter un toi aussi.

— Hors de question ! Je t'aime, mais pas à ce point.

Leo ne put s'empêcher de rire face à l'expression horrifiée de son frère.

— Tu crois ça ? Je suis quasi certain que Kate te truciderait si tu gâchais l'harmonie vestimentaire du mariage de sa meilleure amie.

Leander alla prendre le second haut-de-forme dans sa boîte et le souleva en soupirant.

— Que ne faisons-nous pas pour les femmes que nous aimons...

Cela faisait deux ans que Leo était réconcilié avec son frère. L'appel passé juste avant la conférence de presse d'Helena avait été le premier pas vers leurs retrouvailles. Ce jour avait irrévocablement changé le cours de sa vie. Le lourd poids qu'il portait sans vouloir le reconnaître s'était ôté de ses épaules quand il avait enfin pris conscience de ce qu'il désirait de l'existence et dont il avait besoin. Et cela n'avait rien à voir avec Liassidis Shipping.

C'était l'amour, la paix, le bonheur, la famille.

Au retour de Californie de Leander, ils avaient eu une longue discussion. Chacun se sentait d'une certaine manière responsable de leur séparation, et c'était normal dans la mesure où ils avaient grandi comme deux moitiés d'un tout et devaient devenir des jumeaux individuels. Parler ensemble leur avait permis d'apprécier leurs différences autant que leurs similitudes. Leur relation, à présent basée sur la compréhension, en était plus forte. Les pièces du puzzle de sa vie s'étaient emboîtées pour former l'image dont il avait toujours rêvé.

Mais elle n'avait été complète que le jour où Helena avait accepté de devenir sa femme.

Les premiers mois qui avaient suivi la découverte de l'échange d'identité des jumeaux n'avaient pas été faciles. Le cours des actions de Liassidis Shipping avait dramatiquement chuté et n'avait commencé à remonter que lorsque les gens avaient été rassurés de voir qu'Helena et lui avaient des sentiments profonds.

La conférence de presse d'Helena – avec sa franchise et la passion dont elle avait fait preuve en parlant d'Incendia – avait attiré l'attention générale sur l'organisation caritative. Au cours des deux mois suivants, les donations avaient afflué en provenance du monde entier et couvert une bonne partie du déficit dû au vol, ce qui lui avait suffi pour survivre au bilan financier de fin d'année. La police avait fini par trouver Gregory, et il avait été mis en examen pour fraude, escroquerie et quelques autres délits moins graves.

Le procès devait commencer dans un mois. Helena était déjà heureuse d'avoir récupéré la moitié de la somme volée, le reste ayant apparemment disparu en un endroit inaccessible à la justice.

Tout en ouvrant la porte d'une main et en plaquant son haut-de-forme de l'autre, Leander déclara :

— L'heure est venue.

— Merci d'être là, ce n'aurait pas été la même chose sans toi.

— Aucune fête ne l'est ! répliqua-t-il joyeusement.

Les fêtes étaient certainement plus animées avec son frère, et sa vie aussi. En fait, ils étaient de nouveau aussi proches que dans leur enfance. De plus, sa sensation de manque avait totalement disparu depuis sa rencontre avec la femme qu'il allait épouser. Et il avait hâte de déclarer au monde entier qu'Helena était sienne, qu'il l'aimerait, l'honorerait, la protégerait et la vénérerait toujours, ferait d'elle sa priorité.

Le manoir de la campagne du Suffolk dans lequel ils étaient réunis était impressionnant. Ses épais murs de pierre blanche avaient résisté au passage du temps, et son architecture unique accrochait l'œil. À l'intérieur, les parties en bois sombre alternaient avec celles en pierre brute, accentuant son caractère historique. Chaque invité y disposait d'une vaste chambre avec cheminée, tapis et meubles anciens, dont un lit à baldaquin, le tout à la fois confortable et luxueux.

Tout en traversant le jardin pour rejoindre la chapelle où avait lieu la cérémonie, Leo sentit son pouls s'accélérer. Non par peur de s'engager à jamais envers la femme qu'il adorait, mais pour elle. Il voulait, avait besoin, que tout soit parfait à ses yeux et qu'elle n'ait aucun doute le concernant lui ou ses intentions.

C'est pourquoi, deux soirs auparavant, il lui avait offert un cadeau. Pas un cadeau de mariage, il avait d'autres idées pour cela. En fait, alors qu'ils buvaient un verre de vin après dîner dans l'appartement londonien où ils passaient la moitié de l'année, il lui avait remis un document que ses avocats avaient rédigé à sa demande.

« Qu'est-ce que c'est ? avait-elle demandé. Tu m'as déjà fait un cadeau d'anniversaire.

— Ouvre-le et tu verras. »

Voir sa surprise et sa joie avait été merveilleux, puis des larmes avaient brillé dans ses yeux.

« Ce n'est pas censé te faire pleurer, *agapi mou*. »

Le document lui donnait un plein accès à ses trente pour cent d'actions de Liassidis Shipping. Helena avait voulu qu'ils se marient plus tôt, mais Leo avait insisté pour attendre son vingt-huitième anniversaire ; agir sans contourner les règles était important à ses yeux. De plus, il souhaitait être seul à occuper l'esprit d'Helena en ce jour.

« Je ne suis pas triste, mon amour, simplement heureuse. Ridiculement heureuse. Merci. C'est extrêmement important pour moi. »

Elle lui avait alors donné un baiser qui, comme chaque fois, l'avait enivré, et la soirée s'était terminée dans leur lit pour une longue nuit d'amour.

Arrivé dans la chapelle, Leo se tint devant l'autel, pour la seconde et dernière fois de sa vie, le cœur battant à tout rompre en attendant l'apparition d'Helena.

— Tu es nerveux ? demanda Leander.

— Pas le moins du monde.

— Et si on échangeait nos places ? Tu crois que quelqu'un s'en apercevrait ?

— Évidemment, répondit-il parce que Kate et Helena avaient toujours été les seules femmes – leur mère mise à part – à les différencier au premier coup d'œil.

À cet instant, les portes s'ouvrirent et Leo eut le souffle coupé.

Helena était déjà superbe deux ans auparavant, mais là elle était sublime. Sa longue robe crème épousait son buste puis s'évasait en plis souples sur son ventre arrondi dans lequel leur bébé grandissait depuis sept mois. Elle tenait devant lui un bouquet de pivoines roses et blanches.

L'émotion submergea Leo. Cette femme était une déesse, un véritable miracle, et lui était l'homme le plus chanceux du monde.

Ayant accédé à la demande de son amie de la conduire jusqu'à l'autel, Kate avançait aux côtés d'Helena, mais il la vit à peine car son attention était focalisée sur sa presque épouse. L'amour de sa vie.

Pendant toute la cérémonie, il entendit à peine les paroles du prêtre. Mais lorsque celui-ci lui demanda s'il prenait Helena pour épouse, il prononça un « Oui ! » venu du fond du cœur.

Une réponse au caractère définitif loin du « oui » temporaire prononcé deux ans auparavant.

Vous avez aimé ce roman ?
Retrouvez en numérique les jumeaux Liassidis :
1. *L'amant interdit*
2. *Le baiser d'un époux*